Österreicher erleben Geschichte

Freud und Leid um 1955

Österreicher erleben Geschichte

Freud und Leid um 1955

Herausgegeben von
Sieglinde Klinger und Armin Eidherr

A&M

Covergestaltung:	Gertrud Landwehr
Coverbilder:	Botschafterkonferenz zum Abschluß der Verhandlungen um einen öst. Staatsvertrag, Signatur: H 10203/3/21a, Bildnachweis: ÖNB, Bildarchiv, IZG; Staatsvertrag, Menschen im Belvederegarten, Signatur: E7/108, Bildnachweis: ÖNB, Bildarchiv, VGA; Staatsvertrag, Balkon/Belvedere, Signatur: FO 400445/01, Bildnachweis: ÖNB, Bildarchiv, ORF-Archiv
Lektorat:	Dr. Armin Eidherr
Gesamtherstellung:	Freiburger Graphische Betriebe GmbH & Co. KG, Bebelstraße 11, 79108 Freiburg

Printed in Germany

ISBN 3-902397-74-8

Inhalt

Der Staatsvertrag

Das Leben geht weiter

Land der Berge

ÖSTERREICHISCHE BUNDESHYMNE

2. Heiß umfehdet, wild umstritten,
liegst dem Erdkreis du inmitten
einem starken Herzen gleich.
Hast seit frühen Ahnentagen hoher Sendung Last getragen,
vielgeprüftes Österreich, vielgeprüftes Österreich.

3. Mutig in die neuen Zeiten
frei und gläubig sieh uns schreiten,
arbeitsfroh und hoffnungsreich.
Einig lass in Bruderchören, Vaterland, dir Treue schwören,
vielgeliebtes Österreich, vielgeliebtes Österreich.

Melodie: Wolfgang Amadeus Mozart, Text: Paula von Preradović

Erlebte Geschichte

50 Jahre Staatsvertrag!
Für A&M ist es natürlich ein idealer Anlass, zum Jubiläumsjahr 2005 einen besonderen Beitrag zu leisten: Sie halten ihn gerade in Ihren Händen! Es ist dieses Buch voll erlebter Geschichte(n) der Zeit um den Staatsvertrag, verfasst von Frauen und Männern aus ganz Österreich.
Doch berichten wir alles der Reihe nach.

Die historischen Fakten sind ja in den Geschichtsbüchern nachzulesen. Gewiss, die Meinungen der Historiker mögen hie und da auseinander gehen – etwa bei ihrer Einschätzung der Rolle Russlands für das Zustandekommen des Staatsvertrages. Aber ein halbwegs objektives Bild davon, was vor 50 Jahren vorgegangen ist, kann sich jeder machen und es wird zumeist schon in der Schule vermittelt.

Nur sind die bloßen Daten und Fakten eine Sache. Eine andere sind die dahinter liegenden menschlichen Schicksale, die nur zu oft von jenen verdeckt und in die Vergessenheit gedrängt werden.

Unsere Absicht war es jedoch, einen Einblick gerade in die kleineren und größeren freudigen und traurigen Erlebnisse des Volkes zu geben, in den Alltag jener Zeit. Im Begleitbrief zu seinem (in diesem Buch aufgenommenen) Beitrag *Oh, du mein Österreich!* drückt Dr. Otmar Weber genau das aus:

Nach reiflicher Überlegung entschloss ich mich doch, auch meine Erinnerungen an die Zeit nach der Beendigung des Zweiten Weltkrieges in kürzester Form niederzulegen. Es handelt sich um die Zeit vor und nach dem Staatsvertrag. Ich schreibe nur von eigenen Erlebnissen, also Ereignissen, die ich mit eigenen Augen und Ohren gesehen und gehört habe. Ich bin auch neugierig darauf, wie andere ihre individuellen Einsichten schildern, handelt es sich doch dabei um ›Geschichte von unten‹. Berichte, die doch viel lebendiger sind als abstrakte Abhandlungen.

In den A&M-Katalogen vom Mai und Juni 2004 war folgende Bitte abgedruckt: »Schreiben Sie Geschichte! Schreiben Sie Ihre Geschichte, die Sie persönlich mit ›50 Jahre Staatsvertrag‹ und Österreich um 1955 verbinden! Erinnerungen, Erlebnisse ... Wir planen aus den besten Einsendungen ein Buch zu machen.« Und auch die Prämierung von drei Geschichten wurde angekündigt.

Die Post brachte bald stapelweise Einsendungen! Und für uns begann damit die eigentliche Arbeit: Es hieß nun lesen, sichten, abwägen, auswählen – und die Qual der Wahl war oft enorm!

Die formale Vielfältigkeit der eingereichten Beiträge war verblüffend: Erinnertes, selbst Erlebtes und Erlittenes, Anekdotenhaftes, von anderen Überliefertes, Bemühung um (fast wissenschaftliche) Objektivität und fantasievoll Ausgeschmücktes, Familiengeschichten und individuelle Perspektiven ... Und der Bogen der Themen erstreckte sich von Schilderungen äußerster Armut bis hin zu denen großer Glücksempfindungen in einem Land, in dem kein Krieg und keine Unterdrückung mehr herrschen, von Momenten voller Angst bis hin zu solchen ungetrübter Freuden ...

Die Berichte, Erzählungen, Gedanken stammten von Menschen aller Schichten, von Bauern, Arbeitern, Angestellten, Beamten, Pensionisten. Wir haben die Texte, wenn sie sich umfangmäßig an den vorgegebenen Rahmen von bis zu fünf Druckseiten hielten, so wenig wie möglich bearbeitet. Einige wenige Beiträge konnten nur in Auszügen gebracht werden, da sie beinahe Novellen- oder gar halbe Romanlänge hatten. Auffällig war zumeist jedenfalls, wie stilistisch und orthografisch gut und sicher sie geschrieben waren!

Ihre Anordnung versucht der Chronologie zu folgen – Kriegsende, die Zeit um den Staatsvertrag und danach. Dadurch ergibt sich beinahe von selbst so etwas wie eine mosaikartige Darstellung des Lebens in unserem Lande vom Ende des Zweiten Weltkriegs bis in die 50er Jahre hinein; man könnte auch sagen: so etwas wie ein vielstimmiger »Roman« jener Zeit – verfasst von einem Kollektiv von Österreichern »wie du und ich«.

Wir wünschen dem Buch viele Leser und diesen eine spannende, unterhaltsame, nachdenkliche Lektüre!

Die Herausgeber

Die Vier im Jeep.

Gertraut Seib, Wien XIV

Der Teddybär und die Babypuppe

Kramen in Erinnerungen, nachsinnen wie es damals war. Und doch, um der Geschichte gerecht zu werden, muss ich noch weiter zurückdenken – in die letzten Kriegstage in Wien, Frühling 1945. Ein sonnig heller Nachmittag von einer in diesen Tagen völlig ungewohnten Stille mit nur einem einzigen Hintergrundgeräusch, das ich damals, noch ein kleines dreijähriges Kind, nicht in das mir bekannte Geräuschspektrum einordnen konnte. Es war ein gleichmäßiges Rasseln und Klirren, das immer näher kam, aber ich konnte nichts sehen, stand ich doch mitten auf einer Straße, die über eine Hügelkuppe führte. Das Geräusch kam von dahinter; heute sehe ich noch das besonnte, staubige Band vor mir, das Unkraut links und rechts überpudert, als hätte es Mehl geregnet. Dann kam über die Kuppe hinweg plötzlich ein Geschützturm mit einem sich nach links und rechts bewegenden Rohr in Sicht. Langsam schob sich das Panzerungeheuer in mein Blickfeld und in meiner Erinnerung war es bis auf das Klirren der Ketten völlig still. Vor Schreck war ich so erstarrt, dass ich nicht einmal einen Gedanken ans Davonlaufen verschwendete. Und jetzt kippte das Monster über die Kuppe und begann abwärts zu rollen. Bis heute weiß ich nicht, was passiert wäre, wenn sich nicht plötzlich eine Hand in meinen Kragen verkrallt und mich von der Straße gerissen hätte. Denn das war nur der erste einer Panzervorhut, die nach Wien hineinrollt; und ob sie mich gesehen hätten? Na ja, lieber nicht mehr darüber nachdenken.

Aber natürlich kann ich gerne darüber nachdenken, was dann geschah. Denn dann hörten die Bombenangriffe auf Wien auf und das allein war in gewisser Form eine Erlösung von den Schrecken, die dieser unselige Krieg in mir erzeugte. Denn das ganze Geschehen war auch mir – wie allen in den Kriegjahren geborenen Kindern – völlig unverständlich gewesen und hatte mich nur in irgendeiner Form in einem Dauerangstpegel erstarren lassen. Und als die Großen voll Erleichterung sagten: »Der Krieg ist aus!«, war ich nur von einem Gedanken besessen: Bekomme ich jetzt meinen Teddy zurück? Denn gedankenlos wie Kinder eben sind, hatte ich in den letzten Kriegstagen meinen goldblonden Teddybären im Vorgarten liegen lassen und irgend jemand hatte ihn wohl im Vorbeigehen für sein eigenes Kind mitgenommen.

Nein, ich bekam ihn nicht zurück. Aber dafür kam ein anderes Geschenk. Wien war ja jetzt in vier Besatzungszonen aufgeteilt, und mit vielen hochrangigen Soldaten kamen nach einiger Zeit auch ihre Familien. Und einer meiner Onkel ging ein Jahr später an einem schönen Vorsommertag durch einen Wiener Park und fand mitten auf seinem Weg eine Babypuppe aus Gummi und die brachte er mir zu meinem Geburtstag mit.

Zu kaufen gab es damals kein Spielzeug, mein Vater machte mir aus Holzklötzen eine Stadt, meine Mutter machte für mich eine »Fetzenpuppe«. Sie bestand aus gewickelten Stoffstreifen und hatte einen Emaillekopf, der an so vielen Stellen angeschlagen war, als hätte die Puppe lauter Sommersprossen. Dann lag da plötzlich eine Neger-Babypuppe, ganz lebensecht, und wenn man ihr Bäuchlein quetschte, gab sie Töne von sich. Na ja, ehrlich gesagt, klang sie wie ein schreiender Esel, aber ich konnte dieses Wunder nicht oft genug betätigen.

So verging die Zeit. Aus dem Kleinkind wurde ein Schulkind, das brav jeden Morgen die Straße entlang zur Schule trabte und mittags wieder zurück. Nun kamen keine Panzer mehr diese Straße entlang, sondern etwas für uns Kinder sehr Interessantes: Ein weißer Jeep, in dem vier bewaffnete Soldaten saßen und die jeden Tag in die umgekehrte Richtung über eben dieselbe Hügelkuppe verschwanden. Es dauerte eine Weile, bevor wir begriffen, was diese Vier im Jeep zu bedeuten hatten, denn dass Wien und Österreich in vier Zonen geteilt war, machte auf uns keinen besonderen Eindruck, das war eben so, das nahmen wir hin. Und waren bass erstaunt, wenn wir die Erwachsenen von den Besatzern reden hörten und von ihrer Hoffnung, dass das wieder einmal vorbei sein möge. Als wir älter wurden, bekamen wir schon mit, was Zonengrenzen, Kontrollen und wohl auch Willkür der Besatzer bedeuteten.

Aber wir lernten auch die vielen positiven Seiten der fremden Soldaten zu sehen. Und ganz, ganz langsam begannen wir auch zu verstehen, warum es überhaupt zu diesem Krieg gekommen war. Das Seltsame war, dass in den Schulen darüber praktisch nichts zu hören war; es war wie ein stillschweigendes Übereinkommen, Österreich mit der Zwischenkriegszeit enden zu lassen. Doch kleine Kinder haben große Ohren und so hörten wir unsere Eltern mit Freunden und Verwandten über diese Zeit sprechen. Sicher haben wir zuerst nicht alles richtig verstanden, aber wie gesagt, wir nahmen es hin, denn wir kannten es nicht anders. Und der Jeep mit den Vieren fuhr jeden Tag an unserem Haus vorbei und verschwand über die Hügelkuppe, aber in die andere Richtung als damals die Panzer. Und so begriffen auch wir Kinder, dass unser Vaterland nicht frei war und begannen uns den Abzug der Fremden zu wünschen. Wie viel diplomatische Feinarbeit unsere Politiker damals aufwenden mussten, konnte ich noch nicht verstehen. Heute, 50 Jahre später, kann ich das wohl und würde mich gern bei ihnen dafür bedanken, doch kann ich es nicht mehr, sie sind alle schon tot.

Aber nie, solange ich lebe, werde ich den 15. Mai 1955 vergessen, als im Schloss Belvedere der Staatsvertrag unterzeichnet wurde, und heute habe ich noch die Stimme unseres Außenministers im Ohr, als er über Radio verkündete: »Österreich ist frei!«

Damals war ich ein Mädchen an der Schwelle zum Erwachsenwerden und sehr wohl fähig die Tränen meines Vaters zu verstehen. Nach und nach begannen die fremden Truppen Wien zu verlassen. Und mit ihnen ging auch die eine oder andere große Schwester mancher Schulfreundin, die sich in einen der Soldaten verliebt hatte.

Als ich selbst im Sommer dieses Jahres nach England fahren durfte, waren die Engländer für mich keine Nation mehr, die uns besiegt hatte, es waren einfach Freunde. Und für sie war ich einfach ihre »österreichische Tochter« und das ist so unser Leben lang geblieben. Das hat sicher damals viel dazu beigetragen, mir klar zu machen, dass wir im Endeffekt in unserem Leben einander so gleichen – wir alle in Europa. Letztlich wollen wir doch alle dasselbe – in Ruhe und Freundschaft miteinander leben, uns gegenseitig nicht ständig irgend etwas neiden und einander übertrumpfen wollen.

Immer noch erinnere ich mich an den ersten Staatsfeiertag im Oktober 1955. Damals war in ganz Wien beflaggt – auch die Privathäuser. Es war ein sehr erhebendes Gefühl für uns alle.

Und mit welchem Stolz hat uns Wiener damals die Burgtheatereröffnung am Tag davor erfüllt! Mein Onkel war viele Jahre lang Schnürbodenmeister in der Burg, »seiner« Burg; heute habe ich noch die goldene Medaille für Verdienste um die Republik Österreich, die er damals am 14. November 1955 bekommen hat. Ich bin ordentlich gewachsen, wie ich meinen Freundinnen davon erzählen konnte, ich war so stolz auf ihn.

Ja, so ist die Zeit vergangen. Mit Österreich ging es rasant bergauf. Durch den unglaublichen Zusammenhalt, der diese Zeit auszeichnete, ließ sich vieles machen und erreichen. Nachdenklich macht mich heute oft die Frage, ob so ein Aufschwung heute noch machbar wäre? Hätten wir noch dieses »Wir«-Gefühl? Ich glaube es nicht. Bleibt nur die Erkenntnis, dass keine Generation die andere verurteilen sollte. Denn was man letztlich leistet, steht immer im Zusammenhang mit der Zeit, in der man lebt, und mit dem persönlichen Charakter, auch wenn das nicht so gerne gehört wird. Und in diesen guten Jahren für Österreich bekam ich meine eigene Familie. Ich muss zugeben, dass in diesen Jahren für mich das Interesse an unserem Land in den Hintergrund und das Interesse an meinem Zuhause mit allen, die ich liebe, in den Vordergrund trat. 1972 hob ich kurz einmal den Kopf und freute mich über die olympische Goldmedaille meiner Großcousine Trixi Schuba, dann tauchte ich wieder unter und schlug mich durch Schulen, viele Krankheiten meiner vier Kinder (da lernt man das österreichische Gesundheitssystem aber zu schätzen!) und Hausbau hindurch. Ich nahm einen Job im Gesundheitswesen an und tauchte eigentlich erst im Jahr 2000 bei meiner Pensionierung endgültig wieder auf.

Heute wohne ich wieder fast genau an jener Stelle, an die mich meine frühen und prägendsten Kindheitserinnerungen oft führen. Und keine Panzer – bitte *nie wieder*! – und kein Jeep mit vier Soldaten brausen an unserem Haus vorbei. Dafür gibt es einen ständigen Verkehrsstrom, der uns schon gezwungen hat, Schallschutzfenster einzubauen.

Wie war das damals? Den Teddy – gewohnt und vertraut – hat man mir genommen und dafür habe ich eine freundliche, quietschende Negerpuppe aus Gummi bekommen. Wahrlich etwas für mich ganz Neues. Und so ist es uns Österreichern in den letzten, so schnell vergangenen 50 Jahren gegangen. Viel, viel Neues haben wir statt des Altvertrauten bekommen. Wir sind, denke ich, ganz gut damit fertig geworden und ich denke, dass auch meine inzwischen auf neun Köpfe angewachsene Enkelschar das weiterführen wird, was vor so vielen Jahren mit dem Staatsvertrag begonnen hat und bis jetzt in ein vereintes Europa geführt hat.

Muße gab es selten ...

So spielten wir damals.

Jutta Michelbach, Wien xix

Die resolute Josefine

Josefine war bei uns Haushälterin, Ordinationsschwester, Kindermädchen und Dienstbote in einer Person. Ihre gigantische Körperfülle flößte uns Kindern Hochachtung ein. Wer ihre Statur einmal gesehen hatte, verstand, woher Josefine ihre unerschöpfliche Energie bezog.

Vater hatte sie durch Zufall kennen gelernt, gerade als der Zweite Weltkrieg zu Ende gegangen war. Damals hatte er eine Arztpraxis. Er war immer der Ansicht gewesen, eine gute Klientel müsse zuvorkommend behandelt werden, und so hatte er einem seiner Patienten, als es einmal regnete, seinen Schirm geliehen. Es war ein Risiko gewesen etwas herzuborgen, doch Vater hatte nie den Glauben an das Gute im Menschen aufzugeben vermocht. Er war überzeugt, den Schirm wieder zu bekommen. Mein Vater wartete geduldig auf die Rückgabe und wurde selbst nass, wenn es regnete, denn es war sein einziger Schirm gewesen. Wochen und Monate vergingen, die Ordination musste in einen anderen Bezirk verlegt werden. Patient und Schirm blieben verschwunden.

Es war ein Mittwoch im November. Die Leute hatten in dieser Zeit häufig so gut wie nichts zum Leben. Papa arbeitete ohne Honorar, er war dankbar, dass er überhaupt praktizieren konnte. Für Ärzte gab es immer genug zu tun; sie konnten nicht arbeitslos werden, nur brotlos.

An jenem Mittwoch stand Josefine plötzlich vor der Tür, eine imponierende Persönlichkeit von kleiner, wuchtiger Figur, die Haare straff nach hinten frisiert und im Nacken zu einem Knoten geschlungen. An ihrem abgewinkelten rechten Arm hingen eine ausgebeulte alte Handtasche und ein überaus schäbiger Herrenschirm.

Die Glocke war kaputt. Die Frau hatte mit der Faust so lange gegen die Türfüllung geschlagen, bis sie Schritte näher kommen hörte. Die Türe ging auf und ein Mann stand vor ihr. Es musste der Doktor selbst sein, denn er trug einen weißen Arbeitskittel. »Küss die Hand, gnädige Frau.« Mein Vater bediente sich stets einer ausgesuchten Höflichkeit, was den Umgang mit Fremden anlangte. »Grüß Gott«, sagte sie mit einer kräftigen, lauten Stimme und lachte, als fände sie irgendetwas komisch. »Ich bin aber gar keine gnä' Frau, ich bin nur die Josefine Hitzelhammer. Der Herr Kaltschmid – das war meine Herrschaft, die inzwischen verstorben ist – war einmal bei Ihnen Patient und hat sich den Schirm ausgeborgt, wie es so g'schütt' hat.« Dann ging ihr aus Hochachtung vor dem weißen Ärztekittel vorübergehend der Atem aus und sie schwieg.

Papa konnte sich nach so langer Zeit an die Episode mit dem Schirm nicht mehr gleich erinnern.

Josefine gewann ihre Fassung wieder. Sie brachte es irgendwie fertig ins Sprechzimmer eingelassen zu werden.

Als sie die Verwirrung des Doktors bemerkte, setzte sie sich resolut in den Sessel, der neben dem Schreibtisch stand, schlang die Finger ineinander und legte die Hände so verschränkt in den Schoß. Eine Gewohnheit, mit der sie schon geboren wurde, wie sie später behauptete. Sie brachte das Gespräch wieder in Schwung.

»Ich war nämlich früher das Kindermädchen beim Herrn Hofrat seinem Buben, bis sie von Wien fortgezogen sind – auf das Land. Der Herr Hofrat hat g'sagt, in Wien wär' es ihm zu gefährlich. Und dann hat's ihn trotzdem erwischt. Ich hab' auch nicht gleich her'gfunden, drum hat's so lang 'braucht, bis ich den Schirm 'bracht hab'. Aber behalten hab' ich ihn bestimmt nicht wollen.«

»Nein, nein«, beeilte sich mein Vater einzuwerfen. »Ich habe in der Zwischenzeit einen anderen bekommen. Und Sie haben wohl wieder eine neue Stellung angenommen?« Papa versuchte, seinem Gesicht einen leutseligen Ausdruck zu geben, um die heimliche Hoffnung, vielleicht eine Ordinationshilfe in ihr zu gewinnen, zu verbergen.

»Schön wäre es wohl«, seufzte die Frau, »aber in der heutigen Zeit will sich ja niemand mehr so was wie ein Kinderfräulein leisten. Und g'lernt hab' ich ja nix.«

Aus taktischen Gründen zögerte mein Vater ein wenig mit der Antwort. »Ja, wenn Sie mit Kost und Quartier allein vorliebnehmen«, sagte er dann beiläufig, »könnten Sie ja mir aushelfen als Ordinationsschwester, bis Sie etwas Passenderes finden. Ich selbst verdiene nicht viel, aber wenn es Ihnen nur um das Arbeiten geht, können Sie gleich dableiben und anfangen.«

Josefine schaute zwar etwas skeptisch, gab sich dann aber doch einen Ruck: »Na, wenn ich für die Dokterei nicht zu dumm bin, dann würd' ich schon annehmen.«

Damit war der Abschluss perfekt und Josefine hielt ihren Einzug.

Viel später rechnete sie uns einmal mit stolz strahlenden Augen vor, dass sie siebenundzwanzig Jahre hindurch keinen einzigen Tag bei der Arbeit gefehlt habe.

An einem Mittwoch kam sie nicht; sie war gestorben.

Erna Erhart, Hart bei Graz

Die Eltern geben meine Schwester weg

Meine Kinderzeit liegt schon eine beachtliche Weile zurück, aber ich erinnere mich noch sehr gut. Meine Eltern hatten elf Kinder. Die ersten vier Kinder wurden in der Kriegszeit zu Bauern gegeben. Vater war Alkoholiker, jedes Jahr ein Kind, keine Wohnung, bis ein beherztes Ehepaar meinen Eltern ein Zimmer verschaffte und ihnen einige Möbel, Decken und etwas Geschirr schenkte. So fing mein Leben an.

Unruhig flackerte die alte Petroleumlampe auf dem wurmstichigen wackeligen Tisch in dem armseligen Raum, der nur aus ein paar Habseligkeiten bestand. Ein Ehebett, zwei Kinderbetten mit Strohsäcken. In einer Ecke stand ein kleiner Bottich und ein Trinkwasserkübel, unter dem Herd lugten Mäuse hervor, aber es war unser Heim.

»Mutter, ich habe Hunger!«, schrie Johann, mit wütenden Augen starrte er auf den alten Papierkoffer. Hier befand sich die Tagesration Brot für sieben hungrige Mäuler. Meine Mutter verbot ihm auch nur ein Stück vom Wecken abzuschneiden, sonst gibt es Schläge. »Hilde, hol die Kartoffeln aus dem Rohr, stell sie auf den Tisch.« Elfriede machte noch etwas Milch warm und wir Kleineren holten unsere Blechteller und Milchbecher. Johann maulte: »Schon wieder Kartoffeln!« Vater gab ihm eine schallende Ohrfeige, Mama keifte dazwischen: »Alfons, wenn du nicht alles versaufen würdest, könnten auch wir besser leben und ich müsste nicht immer bei den Bauern am Feld arbeiten.« »Kinder, geht sofort ins Bett, ich muss mit Mama noch was besprechen!« Bett ist gut gesagt, zu zweit in einem Bett, eine alte ausgewaschene Fetzendecke und das für zwei. Ich war ja noch klein und durfte zwischen meinen Eltern schlafen, aber meine Geschwister zogen und zerrten an ihren Decken.

»Du, Johanna, glaubst, die Kinder schlafen schon? Ich muss dir etwas sagen.« Sie hatten sich geirrt, wir stellten uns schlafend, nur unsere Kleine nuckelte an ihrem Schnuller, sie hatte wenigstens ihr eigenes Bett, einen Wäschekorb. Mutter brühte noch einen frischen Tee auf. »Gib ein Stamperl Rum in meine Tasse!«, rief Vater. Er drehte den Docht der Petroleumlampe ganz herunter, es war gespenstisch, die weiße Wand sah aus, als ob Gestalten auf ihr herumtanzten. »Jetzt muss ich dir was erzählen. Heute auf der Baustelle kam ein Ehepaar und verlangte nach mir. Ich dachte, was wollen wildfremde Leute von mir? Sind Sie Herr Weinberger? Ja, der bin ich! Dürfen wir uns vorstellen? Familie Reitmaier. Bitte, was wollen Sie von mir? Also kurz gesagt, Sie haben mehrere Kinder, wir würden gerne ein Kind von Ihnen adoptieren! Wie kommen Sie auf mich? Nachbarn von euch erzählten, wie arm ihr seid und dass ihr eure ersten Kinder auch weggegeben habt! Ihr braucht es nicht zu bereuen, bei uns hat Ihr Kind alles, denken Sie nach!« »Nein, Alfons bitte nicht schon wieder! Ich habe dir schon so oft gesagt, hör auf zu trinken. Du hast Arbeit, das ist viel in dieser schwierigen Zeit! Wir werden die Kinder schon durchbringen. Ich geh ja auch zum Bauern am Feld arbeiten, nein, und nochmals nein.«

Wir Kinder hatten natürlich alles mitgehört unter der Decke, ich kroch an diesen Abend zu meinen Geschwistern ins Bett, ich verstand nicht genau, ich war erst vier, aber meine Geschwister umarmten mich und ließen meine Hand nicht mehr los. Meine Mutter weinte und bat meinem Vater sich das gut zu überlegen: »Wen willst du eigentlich verkaufen? Größere Kinder wollen sie nicht, Heidi liebst du abgöttisch und Erni ist krank.« Heidi durfte als einzige auf meines Vaters Schoß sitzen, wenn er von der Arbeit nach Hause kam. »Ich hätte eigentlich an Erni gedacht, Heidi gebe ich nicht her, nicht für viel Geld.« »Erni werden sie nicht nehmen, die epileptischen Anfälle haben wohl aufgehört, aber schau sie dir einmal richtig an, nur Knochen, blasses Gesicht, die Lippen ganz blau.« Die schwere Krankheit hatte meinen Körper sehr geschwächt. Vater mochte mich überhaupt nicht, er lehnte mich ab. Vater und Mutter zankten noch eine Weile, bis Mama kleinlaut zustimmte, Familie Reitmaier solle halt einmal kommen, in der Hoffnung, dass kein Kind für sie in Frage kommt. Am nächsten Morgen kuschelte ich mich in meine Stoffpuppe, ich hatte bei Elfriede geschlafen. Mutter stand am Herd und kochte ein Sterzkoch. Mutter schrie: »Johann, Hilde, Elfriede, aufstehen! In die Schule, Kinder!« Meine drei Geschwister schlüpften in ihre Gummistiefel, verstauten ihre Jause in ihren Pappkarton-Schultaschen und trotteten davon. Mutter gab Heidi ihr Fläschchen. Ich mampfte den Sterzbrei, dann holte sie schnell noch einen Kübel Trinkwasser vom Brunnen. Meine Mutter war eine sehr reinliche Frau, wir wurden immer ordentlich gewaschen. Vor einem Waschtag wurde Wasser heiß gemacht, Badewasser hergerichtet und wir Kinder nacheinander gebadet und mussten dann sofort schlafen gehen, weil Mutter und Vater das gleiche vorhatten.

Wir stellten uns wieder einmal schlafend. Vater drehte den Docht der Petroleumlampe ganz nach unten; es war fast finster; zuerst stieg Mutter in den Bottich und ließ sich von Vater den Rücken schrubben und dann ging es umgekehrt. Danach wurde die Wäsche eingeweicht und am nächsten Tag war Waschtag. Es war ein schwerer Tag für Mutter. Sie schlug und bürstete auf einer Waschrumpel, wir bekamen Tee zu trinken, dann ging es wieder weiter. Mutter arbeitete schnell, Stück für Stück einseifen, bürsten, rumpeln, schwemmen, bis sie fertig war. Aber jetzt schnell Wäsche aufhängen! Ich gab meiner Mama Stück für Stück vom Kübel heraus, bald flatterte die Wäsche lustig im Wind.

Nach dem Mittagessen musste ich ein Mittagsschläfchen machen. Während Mutter das Geschirr wusch, erledigten meine Geschwister ihre Aufgaben. Am Herd stand noch Kaffee vom Morgen. Bei uns wurde jeden Abend ein Malzkaffee gekocht, echten Bohnenkaffee gab es höchstens Sonntag, und da nur ein paar Bohnen dazu zum Malzkaffee. Mutter seihte sich ein Häferl ab und setzte sich, um ein bisschen auszurasten. Sie murmelte vor sich hin: »Jetzt bin ich dreißig, lieber Gott hilf mir. Hoffentlich werde ich nicht bald wieder schwanger.« Über Sexualität wurde nicht gesprochen, Empfängnisverhütung war wahrscheinlich nur etwas für bessere Leute. Mutter hatte panische Angst mit meinem Vater zu schlafen, wir Kinder hörten vieles mit. »Jetzt muss ich mich aber beeilen, die Wäsche muss gebügelt werden.«

Nach dem Abendessen klopfte es! Wir Kinder spürten, dass etwas Schlimmes auf uns zukam. Mein Herz klopfte bis zum Hals herauf, ich drückte mich an meinen Bruder, der meine Hand nicht mehr losließ. Elfriede und Hilde kauerten eng zusammen. Unsere Eltern schauten uns komisch an, sie wussten ja nicht, dass wir gehorcht hatten. Vater öffnete die Tür und bat die beiden Leute herein. »Guten Abend, dürfen wir uns vorstellen: Herr und Frau Reitmaier!« »Bitte setzen Sie sich hier an den Tisch, da ist es etwas heller!« Mutter hatte das Glas von der Petroleumlampe sauber mit Zeitungspapier geputzt. Herr Reitmaier setzte sich gleich zu uns Kindern. Aber diese Frau, sie gaffte umher, um vielleicht ein paar Spinnweben zu erhaschen, aber da war nichts; Mutter hielt diesen einzigen Raum peinlich sauber. Frau Reitmaier überlegte, ob sie sich mit ihrem neuen Mantel überhaupt hinsetzen kann. »Tja, wen haben wir denn da?« Frau Reitmaier musterte uns Kinder von oben bis unten, am liebsten wären wir im Erdboden versunken. »Wissen Sie, wir haben uns ein vier- bis fünfjähriges Kind vorgestellt.« Mein Bruder hielt unter dem Tisch meine Hand so fest, dass ich fast aufschrie. Ihr Blick fiel auf mich: »Komm her, wie heißt du?« »Ich? Erni heiße ich.« Und weg war ich, hinter dem Kasten, ich fürchtete mich von dieser Frau. »Frau Weinberger, was ist mit dem Kind? Sie schaut sehr krank aus!« Mama hatte mich frisiert und meine Zöpfchen neu geflochten, sie waren so dünn wie ein Bleistift. Jeden Kammstrich sah man im Haar; das ließ mein Gesicht und meine Gestalt noch dünner erscheinen, deswegen mochte mich mein Vater überhaupt nicht. »Ja, Erni war krank. Bei ihrer Schwangerschaft hatte eine Bombe im Garten eingeschlagen, Gott sei Dank ein Blindgänger. Durch diesen Schock war die Schwangerschaft schwieriger. Nach der Geburt war Erni noch gesund. Ein halbes Jahr später fingen die epileptischen Anfälle an, aber der Arzt hat mir immer gesagt, Erni wird wieder gesund, wenn Frieden wird im Land. Und so war es auch. Die Anfälle wurden immer seltener und mit vier Jahren waren sie ganz weg! Sie ist halt noch sehr schwach!« »Na ja, aber wir wollen ein gesundes Kind!« Elfriede trat unter dem Tisch Hilde in die Beine. Aber die kleine Heidi schmiegte sich an Vater. »Nein, Heidi gebe ich nicht her!« Sie war ein liebes, hübsches Kind. Mit ihren großen braunen Kulleraugen und ihren braunen Löckchen wickelte sie alle um den Finger. Frau Reitmaier ließ nicht locker, ihr Mann sagte gar nichts, er musste nach Ihrer Pfeife tanzen! »Sie werden es nicht bereuen. Was können Sie Ihren Kindern auch bieten? Heidi hätte ein Paradies bei uns und eine gute Schulausbildung. Geld bekommen Sie auch von uns, was glauben Sie, dann können Sie sich und Ihren Kindern ein paar Wünsche erfüllen! Frau Weinberger, Sie können Heidi auch immer besuchen, wenn Sie wollen! Ich gebe Ihnen auch immer Schokolade für die Kinder mit!« Ich zitterte hinter dem Kasten und murmelte leise: »Heidi, ich hab dich lieb.« Aber vielleicht wird mich Vater dann ein bisschen gernhaben und in die Arme nehmen? Ich bin ja dann die Kleinste.

Vater wurde schwach, als Frau Reitmaier von Geld redete. »Was meinst du, Johanna?« »Ich weiß nicht recht! Bei den ersten vier Kindern, die wir in Pflege gegeben haben, ist es etwas anders, da hatten wir buchstäblich gar nichts; wir waren beide im Dienst, wohl verheiratet, aber geschlafen haben wir neben dem Kuhstall! Und diese Kinder könnten wir heimholen, was aber wahrscheinlich auch nie gehen wird in diesen Zeiten!« Elfriede, Johann und Hilde baten ihren Vater Heidi nicht wegzugeben. »Ich werde nie mehr maulen, auch wenn es nur Kartoffeln gibt«, versprach Johann. Hilde und Elfriede stimmten mit ein: »Wir werden nicht mehr zum Spielen gehen und auf Heidi aufpassen. Bitte, Vater, tu es nicht!« Aber auf uns Kinder wurde überhaupt keine Rücksicht genommen. Unsere Eltern stimmten also schließlich zu. Ich habe diese Frau schon gehasst, als sie zur Tür hereinkam und meinen Geschwistern ging es ebenso. Beim Abschied sagte sie: »Liebe Frau Weinberger, Heidi war sicher nicht Ihr letztes Kind, Sie sind ja noch jung! Ich kann aber leider kein Baby bekommen. Also, wir werden Heidi vorerst in Pflege nehmen und, wenn Sie einverstanden sind, das Kind dann adoptieren! Wäsche brauche ich keine, Heidi bekommt alles neu!« Sie gab meinem Vater ein Kuvert, ich glaube, da war Geld drinnen. Für uns Kinder hatte sie etliche Tafeln Schokolade mitgebracht. Frau Reitmaier nahm Heidi von Vaters Schoß: »Komm mein Mädchen, lass dich einmal drücken.« Heidi fing zu weinen an. Sie krallte das Kind an sich und draußen war sie.

Es war ein fürchterlicher Abend, Mama setzte sich auf die Holzkiste und fing zu weinen an. Vater hatte ein schlechtes Gewissen, er hatte soeben seine Tochter verkauft! Wir schlichen auch nur so herum, es war furchtbar. Keiner redete ein Wort, bis Vater die Stille unterbrach: »Ich verspreche euch, ich werde mich jetzt um meine Familie kümmern und nur ab und zu ins Gasthaus gehen!« »Es wäre zu schön«, sagte Mutter, »aber ich glaube dir nicht! Vielleicht schaffst du es vom Alkohol wegzukommen, das wäre das Schönste, kein betrunkener Mann, Geld für den Kaufmann, wo wir immer alles anschreiben ließen, einfach nur ein normales Familienleben wie andere auch, das wäre mein innigster Wunsch!« Traurig stiegen wir an diesen Abend in unsere Betten, ich schlief wieder bei meinen Geschwistern. Elfriede tuschelte mit Hilde: »Ich glaub, Heidi wird sich gleich gewöhnen an ihr neuen Eltern, sie ist ja noch ein Baby, dann geht's ihr besser als uns.«

Das Leben ging weiter. Mutter war durch ihr Schicksal eine verhärmte Frau geworden, sie litt furchtbar. Heidi war halt schon ein einjähriges Kind, das ist anders als ein Neugeborenes wegzugeben. Vater fühlte sich im Wirtshaus wohler, er schwemmte seinen Kummer mit Bier und Schnaps hinunter.

»Wisst ihr was?«, sagte Hilde zu uns. »Wenn wir erwachsen genug sind, suchen wir Heidi.« »Ja«, riefen wir alle durcheinander. »Mich müsst ihr auch mitnehmen.« »Na klar, Erni, wir gehen alle Heidi suchen.«

Mama ratterte mit dem Bus in Richtung Stadt. »Als erstes fahr ich zu Heidi, einkaufen kann ich später.« Sie musste sich durchfragen, sie wusste wohl die Adresse, Frau Reitmaier hatte sie Mama gegeben in der Hoffnung, dass sie sich nie blicken lässt. Mama erzählte uns, wie aufgeregt und voller Erwartung sie war, ihr kleines Mädchen in die Arme schließen zu können. »Vielleicht bietet mir Frau Reitmaier auch eine gute Tasse Kaffe an, den könnt' ich jetzt gebrauchen. So, jetzt muss ich nach der Straße und Hausnummer schauen.« Ja, da stand ein schmuckes Haus mit großem Garten und alles rundum eingezäunt. »Mein Gott, Alfons, was haben wir gemacht?«

Im Garten ging ein kleines Mädchen mit ihrer Puppe spazieren. Sie kam neugierig zum Zaun und drückte am Gitter ihr Näschen platt. Sie erkannte Mama nicht mehr! »Meine Güte, Heidi! Bist du gewachsen!« Frau Reitmaier kam zornig aus der Garage, nahm Heidi und brachte sie zurück ins Haus. Sie kam nochmals zu Mama. »Ich hab' Ihnen gesagt, Ihr Kind wird es gut bei uns haben, was wollen Sie noch mehr? Ich möchte, dass Sie nie wiederkommen, ihr habt unterschrieben, und damit basta!« »Ihre Versprechungen haben Sie vergessen«, sagte Mutter kleinlaut. »Für Heidi ist es besser, wenn sie nie mehr Kontakt mit Ihnen hat. So ist es also, na ja, jetzt ist es zu spät!« Sie bot meiner Mutter nicht einmal was zum Trinken an, obwohl die Sonne erbarmungslos herunter brannte. »Bitte, lassen Sie mich Heidi noch einmal in die Arme nehmen, dann komm ich bestimmt nicht wieder!« »Das kommt gar nicht in Frage! Heidi ist jetzt unser Kind, auf Wiedersehen!« Mutter hatte das Gefühl, als würde ihr der Boden unter den Füßen weggezogen. Sie taumelte langsam die Straße entlang ...

Wir liefen immer die Stiege auf und ab, wir konnten es kaum erwarten, bis Mutter nach Hause kam. Hilde schaute auf die Uhr: »Wisst Ihr was? Wir gehen Mama entgegen!« »Au ja, fein! Das freut Mama bestimmt!« Wir liefen den Berg hinunter und aus der Waldlichtung kam uns Mutter bereits entgegen. »Wie war es?«, riefen wir alle durcheinander. »Hast du Heidi gesehen?« Dieser armen Frau, der das Leben nichts schenkte, liefen die Tränen übers Gesicht, die sie verstohlen wegzuwischen versuchte. Nach einer Weile sagte sie: »Nie mehr werde ich dahin gehen; ich lasse mich nicht demütigen!« Wir nahmen Mama die Pakete ab; ich versuchte langsam meine kleine Hand in ihre zu legen, sie nahm meine Hand und bald waren wir zu Hause.

Ich dachte mir immer im Geheimen: »Warum kann Mama uns nicht so richtig lieb haben? Einmal an ihre Brust drücken, ein Küsschen; wir sind doch auch ihre Kinder.« Aber außer über den Kopf streichen kam einfach nichts.

Ja, das Leben ging weiter; es änderte sich nicht viel, außer dass Mutter noch länger arbeitete für einen Hungerlohn. Vater vertrank weiter sein Geld, er kam einfach bei keinem Gasthaus vorbei ohne einzukehren. Mutter wurde immer blasser und ruhiger.

Der Herbst zog ins Land, ich wurde eingeschult. Mein schönes Leben war vorbei.

Unsere Eltern waren hart geworden. Wegen jedem Schmarren bekamen wir Schläge. Einmal bat ich meinen Vater, er möge mir doch eine Mundharmonika kaufen, meine Freundin ließ mich manchmal auf ihrer spielen. »Nix da!«, schrie Vater. Mama war auch nicht mehr so, wie sie früher war. Sie schnaubte mich an: »Was dir einfällt! Weihnachten gibt es etwas, aus basta.«

Bei uns wurde auch nie ein Geburtstag gefeiert. Langsam verstand ich, was es heißt arm zu sein. Es waren sicher auch schlechte Zeiten nach dem Krieg, aber andere Familien hatten auch Kinder. Es war der verdammte Alkohol!

In der Schule bekam ich meine Armut sehr zu spüren. Meine Schulkolleginnen hatten immer gute Jausenbrote mit und ich kaute mein Brot und meinen Apfel. Mit der Kleidung war das gleiche. Mit acht Jahren bekam ich meine ersten Lederschuhe; auch ein Geschenk, weil mein Vater für eine Familie etwas arbeitete. Rote Schnürschuhe, die mir herrlich passten, ich hätte sie am liebsten ins Bett mit genommen, so eine Freude hatte ich.

Bettina Winter, Scharten

Freies Land!

Wenn ich heute auf mein Leben zurück blicke, habe ich vielen Menschen eine Menge zu verzeihen und nur einer Handvoll gilt mein Dank. Manches in so einen langen Leben ist traurig, erschreckend, erschütternd oder einfach nur ungerecht; doch es gibt sie, diese Augenblicke, wo man möchte, dass die Zeit stehen bleibt, weil man für immer so verweilen will. Von all diesen Momenten habe ich alle bis ins kleinste Detail durchlebt und kann nun auf ein erfülltes, reiches und von Gott gesegnetes Leben mit all seinen Schatten- und Lichtseiten zurückschauen.

Es war am 7. Oktober 1924, als ich als 2. Kind einer Bäuerin zur Welt kam. Ich wurde in Rumänien in einem kleinen Dorf in der Nähe von Mediasch geboren und verbrachte dort meine Kindheit. Wir, das heißt meine Schwester, mein Bruder und ich, wuchsen in einer Art Großfamilie auf und lebten in einfachen aber geordneten Verhältnissen. Genau diese Zeit in diesem kleinen Dorf war die glücklichste Erinnerung in einem von Gefahren und Ängsten durchlebten Albtraum.

Mein Alttag unterschied sich nicht von dem der anderen Kinder, denn wir mussten alle zupacken und helfen, wo wir nur konnten. Wollten wir uns drücken, setzte es Prügel mit dem Riemen. Aber all dies gerät in Vergessenheit, wenn man sich heimlich davonstiehlt und die kurzen Augenblicke Kind sein zu dürfen in vollen Zügen genießt. Wir genossen diese Zeit so intensiv, dass es uns egal war, was danach kam. Heute weiß ich, dass es genau diese Erinnerungen waren, die mich bei meinem weiteren Schicksal am Leben hielten und mich alles ertragen ließen.

Im Alter von zehn Jahren verschenkte ich mein Herz an den Jungen aus der dritten Reihe in meiner Klasse. Möglich dass es kindliche Naivität war, aber er war nett zu mir und mehr brauchte ich nicht, um schon damals behaupten zu können, dass ich ihn einmal heiraten und Kinder von ihm wollte. Im Alter von 14 Jahren hat man in Siebenbürgen seine Rechte als Erwachsener angesehen zu werden erworben – und ich bekam meinen ersten Kuss von dem Jungen aus der dritten Reihe, von meinem Michael.

Darauf folgte die große Liebe und eine wunderschöne Zeit in einem wunderschönen Land, in meiner Heimat! Es war die Zeit, wo Europa und der Rest der Welt sich im Krieg befanden und wir leider auch nicht verschont wurden. Es war ein Dienstag, als wir uns alle auf der Gemeinde melden mussten. Keiner von uns wusste warum, aber wir waren folgsam, denn wir, die Siebenbürger, waren die Minderheit in Rumänien und an solche Befehle gewöhnt. Doch diesmal war es anders. Nur Frauen und Männer im Alter von 15 bis 45 Jahren sind auf der Liste erfasst worden und davon nur die Kräftigsten. Meine Schwester hatte Glück, denn sie war zu schwach und ebenso meine Mutter. Mein Vater und mein Bruder wurden in die Armee einberufen und ich wurde in einen Lastwagen gesetzt und anschließend in einen Viehwagon verladen.

Ich war alleine und hatte schreckliche Angst, denn ich war in der Obhut von Russen und die flößten mir schon immer eine Menge Respekt ein, auch ohne Waffen und Morddrohungen. Meine Kindheit war nun jäh zu Ende und zum Erwachsenwerden war die Zeit zu kurz. Als Neunzehnjährige war ich nun auf den Weg in ein mir unbekanntes Land und von unbekannten Frauen umgeben, die aber das gleiche Schicksal teilen wie ich.

Irgendwann erfuhren wir, dass die Reise nach Russland in ein Arbeitslager für Frauen ging und wir nicht mehr wert waren als das Stück Vieh, welches im Wagon neben uns verladen wurde.

Als wir nach ein paar hungernden Tagen am Ziel angekommen waren, wurden wir in Baracken zum Schlafen eingeteilt. Ohne etwas zu essen oder zu trinken verbrachten wir diese erste Nacht auf einer Feldbettpritsche und wurden das Gefühl nicht los, dass das erst der Anfang von unendlich vielen Prüfungen war. Als wir uns am nächsten Morgen auf dem großen Platz versammeln mussten, begriffen wir, wie ernst und aussichtslos unsere damalige Lage war.

Ich könnte ein ganzes Buch über die Gräueltaten, Ungerechtigkeiten und die Schmach, die ich in zwei Jahren und drei Monaten über mich ergehen lassen musste, schreiben. Aber ich habe überlebt und nur das zählt heute.

Nach dieser Zeit beschloss der Russe mich nach Ostdeutschland zu verfrachten, um beim Wiederaufbau zu helfen. Gleichzeitig erfuhr ich, dass mein geliebter Michael in serbische Gefangenschaft geraten war, und das war gar nicht gut, denn von dort gab es kein Entfliehen. Die Hoffnung, ihn je wieder lebend zu sehen, schwand und mein Lebenswille genauso. Der Gedanke an Flucht nagte in mir wie der Hunger unaufhörlich und immer fort.

Dann endlich war sie da, die Möglichkeit, auf die ich Jahre gewartet habe und ich ergriff sie wie eine Ertrinkende den Rettungsring. In jener Nacht war es kühl und nebelig und die Spannung war in jedem einzelnen meiner hundert Muskeln zu spüren. Wir überschritten die Grenze 20 Minuten nach Mitternacht und mein Herzschlag war so laut, dass es ein jeder hören musste. Der Gedanke erschossen zu werden lähmte meine Füße und ich war zu der festen Überzeugung gekommen, dass meine Flucht nicht unbemerkt geblieben ist. Und ich wartete auf einen lauten Ruf, auf einen Befehl oder einen Schuss – aber nichts geschah und ich bewegte mich nun langsam auf mein Ziel »Freiheit« zu. Meine Beine fingen an zu laufen und ich blieb erst wieder stehen, als ich völlig erschöpft auf die kalte Erde sank. Geschafft! Ich war frei und machte mich auf den Weg nach Starnberg in Westdeutschland auf.

Dort wurde ich mit einer warmen Mahlzeit und einer Decke versorgt. Am nächsten Tag wurde ich bereits zur Arbeit auf einem in der Nähe liegenden Bauernhof eingeteilt. Als zwei Wochen vergangen waren, erhielt ich durch einen wunderbaren Zufall die Nachricht, dass Michael lebt und in Passau auf mich warten würde. Da war er nun, der Moment, der nie vergehen durfte, weil ich ihn für immer in mich hinein brennen wollte. Nun hatte mein Leben ein zweites Mal begonnen und es sollte ein erfülltes werden.

Den Anfang davon finden wir hier in Österreich, meiner neuen Heimat. Dieses Land war für mich das Tor zur Freiheit geworden und half mir mein Leben mit viel Liebe und Dankbarkeit neu zu gestalten. Der Krieg war vorbei und die Nachwehen wiegten schwer.

Da stand ich nun mit nichts als den Kleidern auf meinem Leib, abgemagert bis auf die Knochen und gestützt auf den Arm meines geliebten Michaels. Wer wollte uns schon, zwei Heruntergekommene, die nichts hatten und auch nichts wert waren? Und doch fanden wir bald Arbeit auf einem Hof als Magd und Knecht nicht weit von meinem heutigen Zuhause entfernt. Wir erhielten keinen Lohn, aber wir aßen und tranken und kamen bald wieder zu Kräften.

Bald konnten wir uns unseren Traum von einer Ehe erfüllen und haben noch im gleichen Jahr geheiratet. Wir hatten Glück und fanden einen Bauern, der uns ein Gehalt zahlen konnte, von dem andere nur träumen konnten. 250 und 350 Schilling waren für damalige Verhältnisse ein

Spitzengehalt und wir konnten das erste Mal etwas ansparen.

Als ich noch im gleichen Jahr schwanger wurde, beschlossen wir mit einem Verwandten einen kleinen Bauernhof zu pachten. Und das war gut so, denn so konnten wir selbst über unser Tun und Werken bestimmen.

Zwei Jahre später übersiedelten mein Mann, meine zwei Kinder und ich erneut und übernahmen einen etwas größeren Hof. Als ich das dritte Kind erwartete, mussten wir erneut einen Kompromiss eingehen. Kleinere Landwirtschaft und Arbeitsstunden, die bezahlt wurden, im Lagerhaus. Als wir erfuhren, dass die Mutter meines Mannes alles verloren hatte und vor dem Nichts stand, ließen wir sie zu uns nach Österreich kommen. Ich hatte wieder Zeit, mich um die Landwirtschaft zu kümmern und meinen Haushalt zu führen, während die Schwiegermutter sich um meine Kinder kümmerte. Das letzte meiner vier Kinder war geboren und eine neue Gelegenheit verschaffte uns unser heutiges Zuhause. Michael und ich beschlossen einen großen Bauernhof nicht zu pachten, sondern zu kaufen.

Für einen jeden Traum gibt es die passende Gelegenheit, die richtige Umgebung und die perfekte Umsetzung. Österreich hat uns diesen Traum erfüllt und uns geholfen, das zu besitzen, was wir heute haben. Es ist bestimmt mit harter Arbeit und einer Menge Fleiß verbunden, aber erreichbar. Bei der richtigen Motivation und dem richtigen Ziel vor Augen kann eigentlich nicht mehr viel schief gehen. Wenn mich heute jemand fragt, woher ich komme, kann ich ohne mit der Wimper zu zucken antworten: »Aus Österreich!«

Unser Wladimir und ich
als »kleiner Russe«.

Ein Freund Wladimirs überlässt
mir den Fahrersitz.

Hans Bozic, Laakirchen

Der fehlende Stempel

Österreich war nach dem Ende des Zweiten Weltkrieges 1945 in vier Besatzungszonen eingeteilt, wobei in Kärnten südlich der Drau die erste Zeit auch Jugoslawien mitmischte. Die vier Besatzer waren Engländer, Amerikaner, Franzosen und Russen, je nach Gebiet. Nach dem Staatsvertrag 1955 wurden sie abgezogen. Während dieser Zeit geschahen manchmal kuriose Dinge, einige davon behandelt diese Story.

Wir Österreicher wurden verpflichtet eine ID (Kennkarte) stets bei sich zu tragen und besonders beim Übertritt in eine andere Zone vorzuzeigen, um überhaupt in Österreich umherreisen zu können. Diese Karte war in vier Sprachen, in den Sprachen der Besatzungsmächte, abgefasst. Nun gab es aber ein Problem mit der Bedeutung. Die Russen hatten eine eigene Schrift, die Kyrillische, die weder die Amerikaner noch die Franzosen kannten. Umgekehrt konnten auch die Russen manchmal nicht einmal die eigenen Worte lesen, da sie weder Lesen noch Schreiben gelernt hatten. Damit hat nun diese Geschichte aus dem Jahre 1950 zu tun.

Ich war mit dem Zug auf dem Weg nach Wien. An der Zonengrenze vor Wiener Neustadt hielt der Zug wie üblich. Die neuen Besatzungssoldaten, in dem Fall die Russen, stiegen ein und kontrollierten die Papiere. Ich war damals 19 Jahre alt und in meinem Ausweis stand Student als Beruf. Studenten waren aber immer schon suspekt und man beäugte mich besonders sorgfältig. Man stellte mir diverse Fragen, auf die ich einwandfrei antwortete. Ich konnte aber schon damals etwas Russisch, nicht viel, und so geschah es, als sich die Soldaten unterhielten, dass einige Bemerkungen, es waren Verneinungen, von selbst herausrutschten, ohne dass ich es wollte. Das war ein Alarmzeichen für die Russen. Ich musste ein Spion sein, der Russisch spricht, und war daher sofort verdächtig. Von nun an sprach man mich nur in Russisch an und ich musste sofort aussteigen und wurde auf die *Kommandatura* mitgenommen. Wahrscheinlich auch deshalb, weil die Kontrolleure im Zug schlecht lesen und schreiben konnten, es ihnen aber doch auffiel, dass in der Identitätskarte ein Stempel zu wenig angebracht war, welchen die ausstellende Behörde vergessen hatte. Die Russen hatten aber die Gewohnheit, wenn sie etwas nicht lesen konnten, nur die Stempel in der Karte zu zählen und wenn diese stimmten, war die Kontrolle zu Ende. Nun war aber der Umstand gerade bei mir eingetroffen, dass ich tatsächlich einen Stempel zu wenig besaß. Das war auch ein Grund mich entweder nicht passieren zu lassen oder einem Verhör zu unterziehen. Ich war geschockt und vor allem durch die allgemeine Propaganda eingeschüchtert und rechnet schon mit einer Festnahme und Deportation nach Sibirien.

Ich wurde dem russischen Kommandanten vorgeführt und nach kurzer Begutachtung in einen Nebenraum eingesperrt. Wie lange ich dort bleiben musste, weiß ich heute nicht mehr, wahrscheinlich einen ganzen Tag, da es schon fast dunkel war, als ich erneut einem Politkommissar oder ähnlichen Offizier vorgestellt wurde. Ich wurde über meinen Lebenslauf genauestens befragt; wo und wann ich jemals im Ausland war usw. Man sah ein, dass ich kein russischer Deserteur war oder sonst mit Russen Kontakte pflegte. Ein österreichischer Polizist wurde beigezogen und der telefonierte eine Ewigkeit mit der BH und einigen anderen Behörden, bevor man mich als ungefährlich einstufte und wieder freiließ.

Zuvor bot man mir an, mit den Russen zu kooperieren, was ich natürlich ablehnte, da mir Spionage viel zu gefährlich erschien.

Leider war mein Zug inzwischen schon lange in Wien eingetroffen und ich brach die Reise ab und fuhr einfach zurück aus Furcht auf der nächsten Zonengrenze erneut festgehalten zu werden, nur weil mir ein Stempel in der Identitätskarte fehlte.

Vor dem Belvedere.

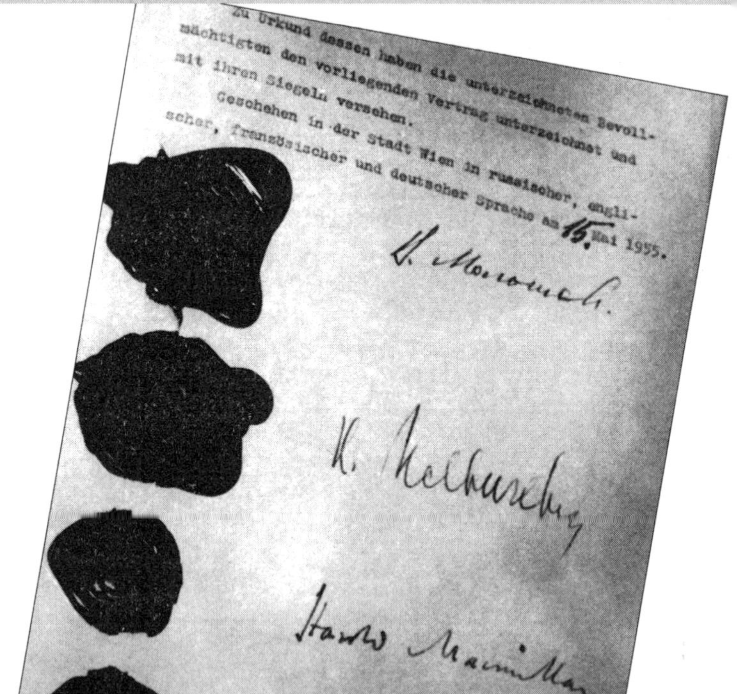

Zu Urkund dessen haben die unterzeichneten Bevollmächtigten den vorliegenden Vertrag unterzeichnet und mit ihren Siegeln versehen.

Geschehen in der Stadt Wien in russischer, englischer, französischer und deutscher Sprache am 15. Mai 1955.

Der unterzeichnete Staatsvertrag.

Elfriede Batik-Sedlmayer, Wien x

Ich war fünf Jahre alt

Am 26. Jänner 1950 wurde ich in Wien geboren und erlebte somit als Fünfjährige die Staatsvertragsfeier im Oberen Belvedere, auf den Schultern meines Vaters sitzend, inmitten der jubelnden Volksmenge.

Sofort danach hatte ich eine neue Adresse zu lernen und mir auch zu merken (sollte ich einmal verloren gehen): »Laxenburgerstraße«, die zuvor nach einem russischen General »Tolbuchin-Straße« hieß (wir lagen in der sogenannten »Russenzone) – und dabei waren wir doch gar nicht umgezogen, hatten die Wohnung nicht gewechselt ...

Bis zu dieser Zeit arbeitete mein Vater auch bei der amerikanischen Armee als Elektriker am Flugstützpunkt Langenlebarn. Zweimal durfte ich ihn als kleines Kind mit zirka vier oder fünf Jahren dorthin begleiten. Ich war überwältigt von dem, was ich sah: ein Swimmingpool mit Sprungturm, in der Küche Herde mit Ceran-Kochfeld ...

Nach dem 15. Mai 1955 wurde dieselbe Anlage österreichischer Militärflughafen und somit Sperrgebiet, wo Angehörige und Fremde natürlich keinen Zutritt mehr hatten.

Häufig, fast täglich, brachte mein Vater auch amerikanische Waren nach Hause: z. B. Lebensmittel wie Hershey-Sirup, Corned-Beef, Schlagobers in 1-Liter-Flaschen, Zucker- und Schokolade-Waffeln, diverse Konserven u.s.w.

Weniger erfreute mich abgelegte amerikanische Kinderbekleidung. Sie empfand ich zu aufdringlich und bunt: ein Seidentaftkleid in pink-grünem Madraskaro, ein smaragdgrüner weiter Tuchmantel u.s.f. Alles »unmöglich« im Kindergarten und später auch noch in der Klosterschule, wo alle Kinder in dezentem Hell-Dunkelblau ausgestattet waren.

Für mich persönlich blieben auch aufgrund des Alters diese Eindrücke bis heute im Gedächtnis haften und stifteten eine gewisse Affinität zu Amerika.

Erich Hausmann, Krems an der Donau

In der russischen Zone

Als unser unvergessener Leopold Figl vom Balkon des Belvedere sein »Österreich ist frei!« rief, jubelten die im Garten des Prinz-Eugen-Schlosses Anwesenden. Ein oft dokumentiertes und bekanntes Bild. Trotzdem muss man weit zurückgreifen, bis in das Jahr 1945, dem Ende der Naziherrschaft und damit der Besatzung Österreichs, um die Bedeutung des Ereignisses zu verstehen.

Ich zählte bei Kriegsende erst drei Lebensjahre, erinnere mich aber noch deutlich an einige Begebenheiten. Wohnhaft bis zum Jahr 2000 im Schloss Mautern, nahe der Donau, sehe ich noch die Wehrmachtssoldaten vor mir, die am 8. Mai 1945 zu uns in die Wohnung kamen, um uns von der bevorstehenden Sprengung der Donaubrücke nach Stein/Krems zu benachrichtigen. Ich sehe noch meine Großmutter, die alle Fenster und Türen öffnete, damit der Explosionsdruck möglichst geringen Schaden anrichten möge. Als die für den Kriegsausgang völlig unnötige Zerstörung der einzigen Straßenbrücke zum nördlichen Donauufer mit gewaltigen Detonationen vorbei war, forderten kurze Zeit später einige Männer in komischen Uniformen und unverständlicher Sprache Einlass. Die Russen waren da. Von all den Übergriffen, die sich manche der »Befreier« leisteten, erfuhr ich erst in späteren Jahren und möchte mich in diesen Aufzeichnungen nur auf Dinge beschränken, die ich selbst erlebt habe.

Kurze Zeit nach Kriegsende wurden in Mautern und der am Stadtrand liegenden Kaserne einige tausend sowjetische Soldaten untergebracht. Die Bewohner der Stadt mussten nach der Einquartierung eng zusammenrücken und selbstverständlich blieben auch meine Eltern und Großeltern nicht davon verschont. Aber wir hatten Glück. Ein russischer Leutnant, großgewachsen, gepflegt und mit besten Manieren, namens Wladimir, requirierte ein Zimmer und hielt es penibel sauber. Einer seiner Kameraden schob uns Kinder manchmal auf einem (gestohlenen) Motorrad im Schlosshof herum, ein anderer Soldat drängte mir Dreijährigem ein (erbeutetes) Marinenachtglas auf und wurde richtig grantig, als ich es mich nicht gleich anzunehmen getraute. Ich besitze dieses Glas heute noch zur Erinnerung.

Überhaupt ging es uns Kindern verhältnismäßig gut. Im Schloss Mautern war die Militär-Großküche untergebracht und oft schlich ich mich schüchtern mit einem leeren Teller in die Nähe der gewaltigen Kessel, die immer von Uniform-Hosenbeinen umgeben waren. Irgendwann nahm mir dann einer der Köche den Teller aus der Hand und kurze Zeit später zog ich mich glücklich, den Teller mit Nudel- oder Frittatensuppe vorsichtig balancierend, aus der Küche zurück.

Wochen nach Kriegsende begannen deutsche Kriegsgefangene mit der Wiederherstellung der gesprengten Donaubrücke. Ein zeitraubendes Unterfangen, da immer erst fehlendes Material besorgt werden musste. So dauerte es bis Ende September 1945, bis die Brücke dem Verkehr, der hauptsächlich aus russischen Armeelastwagen und Panzern bestand, übergeben werden konnte.

Langsam hatten wir uns an die fremden Soldaten gewöhnt. Leutnant Wladimir wurde verlegt, die Wohnung gehörte wieder uns. Andere Offiziere hatten ehemalige Offiziershäuser der deutschen Wehrmacht bezogen, es sich häuslich gemacht und manche von ihnen ihre Familien aus Russland nachkommen lassen. Vor allem an eine dicke Frau und ihren ebenso dicken Sohn, beide in russischen Uniformen, kann ich mich gut erinnern, da beide öfters in eine Gärtnerei Gemüse einkaufen gingen und sich so gaben, als würden sie schon seit jeher in Mautern wohnen.

Eines Tages musste mein Vater mit dem Zug nach Salzburg fahren und nahm mich mit. Es muss ungefähr um 1950 gewesen sein, und je näher wir der Stadt Enns kamen, umso nervöser wurden die Reisenden. Das Wort Demarkationslinie hörte man immer öfter, der Zug hielt und die Erwachsenen streckten den sowjetischen Kontrollsoldaten ein gelbes Papier entgegen und entspannten sich erst, als sie dieses nach strenger Prüfung zurückerhielten. Wir hatten doch nichts angestellt? Endlich in Salzburg angelangt, fiel mir auf, wie locker dort unsere Landsleute waren und wie viel es zu kaufen gab, eine Art kleines Paradies. Die Soldaten hatten zwar andere Uniformen, bewegten sich viel ungezwungener, und man sagte mir, es seien Amerikaner. Ich begann, die Salzburger zu beneiden. Nach unserer Heimkehr zwei Tage später wusste ich, was die Erwachsenen meinten, wenn sie von der »russischen Zone« sprachen.

In Krems hatten die Russen ein mehrstöckiges Haus requiriert – die Kommandantur. Vor dem Eingang standen zwei Soldaten mit Maschinenpistolen, darüber hing ein etwa zwei Quadratmeter großes Bild von Stalin, damit immer alle daran erinnert würden, wie sehr der »Vater und Befreier aller Völker« über uns wachte. Im Frühjahr 1953 war das Bild plötzlich weg, der Vater war gestorben, und immer öfter hörte ich das Wort »Staatsvertrag«. Das hieß, die Russen sollten endlich heimfahren, das kapierten wir, aber anscheinend hatten sie es nicht recht eilig damit. Man erzählte mir von Verhandlungen, bei denen man sich nicht einigen konnte, und ich erinnere mich noch an eine große Zeitungsüberschrift, die nur aus einem einzigen Wort bestand – »Njet«. Es sah nicht gut aus, soviel verstanden wir auch.

Und dann war noch die Sache mit der »Kaukasus«, einem Donauschiff im Besitz der DDSG und ehrenhalber nach der fruchtbaren russischen Provinz benannt. Oft sahen wir unsere »Kaukasus« die Donau befahren, aber eines Tages war sie plötzlich weg. Es hieß, die Besatzungsmacht hätte sie abwärts der Donau befohlen und für sich reklamiert. Einspruch abgelehnt. So einfach ging es.

Doch plötzlich, im Frühjahr 1955, kam da eine unglaubliche Meldung, die sich wie ein Lauffeuer verbreitete. Angeblich hatte man sich geeinigt. Tatsächlich, unsere Politikerdelegation hatte Erfolg gehabt. Niemals wieder habe ich eine derartige Aufbruchsstimmung erlebt wie damals. Es war, als ob man wieder Luft zum Atmen hatte. Die anfangs noch argwöhnisch beobachteten Vorbereitungen zum Aufbruch der russischen Soldaten wichen der erfreulichen Tatsache – sie packten wirklich zusammen. Immer öfter sahen wir Lastwagenkolonnen in Richtung Wien, also nach Osten, wegfahren, und der 15. Mai 1955 brachte die Bestätigung – Österreich hatte seine Freiheit zurückerhalten.

Wenn man in späteren Jahren erfuhr, wie groß bereits die wirtschaftliche Verflechtung der Besatzungsmacht in der Sowjetzone gewesen war, wenn man von schier unlösbaren Verhandlungsfragen wie dem sogenannten Deutschen Eigentum, den Ölfeldern, Raffinerien und Tanklagern, der DDSG oder den USIA-Betrieben hörte, erscheint es wie ein Wunder, dass es zum Staatsvertrag kam und dass Österreich damals noch für viele, viele Jahre das einzige besetzte, bzw. »befreite« Land war und blieb, das die Russen freiwillig verließen. Diese Tatsache, diese Umstände habe ich in späteren Jahren als Lehrer meinen Schülern immer wieder vor Augen geführt – als persönlichen bescheidenen Beitrag zu dieser historischen Stunde meiner geliebten Heimat Österreich.

Starke Frauen.

Gabriele Brachmaier, Voitsberg

Anna S. – Eine starke Frau

»Österreich ist frei!« – Es war schon ein großer Moment, als Außenminister Leopold Figl zusammen mit John F. Dulles, Antoine Piray und Wjatscheslov Moldow den Vertrag unterzeichnete. Das Schloss Belvedere mit all seinem Prunk war nichts gegen diese Worte, die dem Volk verkündet wurden. So etwas soll nie wieder passieren. Nach all diesen harten Kriegsjahren, den vielen Toten und den vielen Verwundeten, die zu beklagen waren, all den Verwüstungen und der Armut. Es war ein Versprechen an das Volk, dass nun bessere Zeiten kommen sollten. Der 15. Mai 1955 ist der Tag an dem die Souveränität des Landes ihren Anfang hatte, es gab ab diesem Tag keine Bündnisse und auch kein Territorium für Stützpunkte fremder Mächte mehr. Für Österreich war dies der Beginn einer besseren Zukunft. Es waren schöne Worte, aber wie viel Leid verbirgt sich hinter all den vergangenen Jahren. Wie viele einzelne Schicksale waren zu ertragen. Diese harten Jahre haben Österreich stark gemacht. Jeder einzelne Bürger hat dazu beigetragen. Zusammen haben sie den Wiederaufbau geschafft.

Aber wer kennt schon Anna S.? Eine Frau, die mit all ihrer Kraft diese Jahre gemeistert hat. Sie ist eine von vielen, die

die Härte dieser Zeit gezeichnet hat. Der Schmerz wird nicht geringer mit dem Wissen, dass sie nicht allein war. Sie hatte während der Kriegsjahre ihren Mann bei einem Fliegereinsatz verloren. Es zeriss ihr das Herz, denn der Preis für diese Freiheit des Vaterlandes war hoch. Es hieß nicht einfach: »Er ist gestorben«, sondern: »Er hat sein Leben als Held für das Vaterland gelassen«. So lautete die Meldung im Telegramm. Aber was nützt es ihr, einen Helden gehabt zu haben? Nichts konnte das Leid ungeschehen machen. Allein zurückgeblieben war sie mit ihren drei Kindern und einem kleinen Bauernhof. Nun lag es allein an ihr, ihren Kindern das täglich Brot zu beschaffen und den Hof so gut es ging zu halten.

Da saß sie nun, in Erinnerung versunken. Die Hände in ihren Schoß gefaltet, die Schürze glatt gestrichen. Eine zierliche Frau, die Haare streng nach hinten und mit einem Zopf zu einem Knoten gesteckt. Den Kopf erhoben und das Gesicht von den Spuren der Vergangenheit gezeichnet. Sie verspürte Wehmut in ihrem Herzen, als sie die Worte hörte: Österreich ist frei! Frei! Aber welchen Preis hat sie dafür bezahlt.

Mit flachem Atem, kaum dass sich ihr Brustkorb hebt, denkt sie zurück. Ihren Blick ins Leere gerichtet. Ihre Augen füllen sich mit stillen Tränen, die ihr dann langsam über ihre Wangen laufen. Man sieht in ein Gesicht, ein warmes, liebevolles, dem aber keine Mimik anzusehen ist. Man sieht die Trauer in ihren Augen und verspürt dennoch die Kraft die von ihr ausgeht. An der Wand hängt das Bild ihres Mannes. Er sieht stattlich und sehr attraktiv aus in seiner Fliegeruniform. Er hatte versprochen, sie durchs Leben zu begleiten. Damals wusste er noch nicht, dass alles ganz anders kommen würde. Wie um alles auf der Welt sollte sie das alles alleine schaffen? Sie stellte sich die Frage immer wieder und wieder.

Wenn sie an eines glaubte, dann an die Liebe. Die zu ihrem Mann war so groß, dass er auch nach seinem Tod in ihrem Herzen allgegenwärtig war. Das einzige, was sie tun konnte, war mit aller Kraft sein Andenken zu bewahren. Sie war fest entschlossen, alles zu geben. Sie wollte nicht, dass die Kinder ihr Zuhause auch noch verlieren oder gar von einander getrennt werden. Sie sollten, wenn sie einmal erwachsen sind, immer wieder in ihr Heimathaus zurückkommen können. Immer wenn sie nicht mehr wusste, wie es weiter gehen sollte, traten Bilder von den vergangen schönen Zeiten vor ihr auf. All das Glück ihrer Hochzeit, die Geburten ihrer Kinder, und das auch in armen Zeiten so liebevolle Zuhause, welches sie sich zusammen geschaffen hatten.

Es war schwer, mit drei Kindern durchzukommen. Dennoch war sie glücklich und dankbar über ihre Kinder, denn sie waren alles, was ihr von ihm geblieben war. Immer wenn sie ihre Kinder ansah, fand sie etwas, das sie an ihn erinnerte. Die dunklen Haare, die braunen Augen, sein Lächeln und oft auch nur einzelne Gesten oder Eigenarten, die sie von ihrem Vater übernommen haben.

Sie war ständig bemüht, das Leid von ihren Kindern fern zu halten. Sie sollten eine Kindheit haben, in der es auch glückliche Tage gab.

Oft abends wenn sie ihre Kinder zu Bett brachte, saß sie noch lange an ihren Betten. Es raschelte leise, wenn sie sich auf die Säcke legten, die mit getrockneten Maisflegen gefüllt waren. Richtige Matratzen gab es bei ihnen nicht. Die Betten waren noch von ihrem Mann getischlert, das blau-weiß gestreifte Bettzeug – es war alles nicht neu, aber immer ordentlich und sauber. Die Kleidung der Kinder war oft mehrmals gestopft oder übereinandergenäht. Es war Luxus jedem Kind eigene oder neue Kleider zu kaufen. Die jüngeren Geschwister mussten sie von den älteren übernehmen. Ganz egal, ob es sich nun um Schuhe oder Hosen handelte. Die Größe der vorhandenen Schuhe hat selten gepasst, aber man war froh in der kalten Jahreszeit nicht barfuß laufen zu müssen.

Nächtelang hat sie gegrübelt, wie es nun weiter gehen und wie sie die Kinder am nächsten Tag satt bekommen soll. Wie oft hat sie ihren Anteil am Essen halbiert, um die Portionen der Kinder größer zu machen. Sie lachte noch und sagte zu ihnen, sie wolle ja weiterhin schön schlank bleiben. Den Kindern war damals noch nicht bewusst, dass sie auf Grund ihrer harten Arbeit ohnedies kein Gramm an Gewicht zulegen konnte.

Ein Eintopf war schon mehr als ein Festmahl. Sie war sehr erfinderisch in der Zubereitung und konnte mit den Früchten, die der Bauernhof abwarf, immer wieder etwas zaubern. In der Besatzungszeit war es schwer hauszuhalten. Alles wurde kontrolliert und rationiert. Die Portionen wurden immer kleiner und niemand wusste, wie viel morgen da sein würde.

Um den kleinen Hof nicht zu verlieren, war harte Arbeit angesagt. Es mussten alle mit anpacken. Alle, auch die Kinder, hatten ihre Arbeiten zu erledigen. Anders ging es nicht. Sie schaffte es oft die Kinder spielerisch zu ihren Aufgaben zu bewegen, damit es ihnen nicht so schwer fiel. Sie sammelten Kräuter, aus denen man Medizin oder Tee machen konnte, um sie dann gegen anderes einzutauschen. Es wurden zwischenzeitig auch die eisernen Rationen verteilt, in denen ein paar Grundnahrungsmittel enthalten waren.

Oft brachte sie sie zum Lachen und alberte mit ihnen herum, trotz schwerer Arbeit. Das Vieh zu versorgen, den Garten und den Acker zu bestellen schafften sie mit vereinten Kräften. Es waren jedoch viele Arbeiten, die sie aus eigener Kraft kaum verrichten mochte. Für die Reparaturen an den Zäunen und am Dach gab es Gott sei Dank einige nette Nachbarn. Die Leute aus dem Dorf arbeiteten so gut sie konnten zusammen. Der Knecht vom anliegenden Bauernhof erledigte einiges, das man nur mit Manneskraft schaffen konnte. Zum Ausgleich dafür half sie mit den Kindern auf dem Acker des Nachbarn. Es war schwere Arbeit, das Vieh täglich zu versorgen. Sie musste mit der Sense das Gras mähen, denn andere Arbeitsgeräte hatte sie nicht. Um das Vieh zu tränken, hatten sie im Hof einen Brunnen. Der Grundwasserspiegel war jedoch sehr nieder. Also musste man schon eine ganze Zeit lang pumpen, bevor das Wasser kam. Dann erst konnte sie unzählige Kübel Wasser über den Hof in den Stall schleppen. Die Henkel der Kübel gruben sich in die Innenflächen ihrer Hände. Sie hatte immer wieder große Schwielen, die sie mit in kaltem Wasser getränkten Tüchern umwickelte.

In den Sommermonaten ging es ja noch, obwohl sie bis zum Umfallen arbeitete. Es reichte, um zu überleben. Was ihr Sorgen bereitete, waren die Wintermonate. Wie um alles in der Welt sollte sie aus dem Wenigen auch noch Vorräte für den Winter anlegen? Woher sollte sie warme Kleidung für die Kinder nehmen? Sie mussten viel sammeln, um zu tauschen, denn die Kinder wurden größer und wuchsen aus ihren Sachen heraus. Sie trennte einige gestrickte Pullover ihres Mannes auf, um aus der Wolle für die Kinder Hauben, Fäustlinge und warme Socken zu stricken. Um die Füße in der Nacht warm zu halten, erwärmte sie Bachkieselsteine im Ofen. Diese wurden in Tücher gewickelt und ihnen zu den Füßen unter die Decke gelegt.

Sie hoffte, dass es bald besser werden würde, bevor ihre Kraft zu Ende ging. Immer wieder wartete man gespannt auf die Neuigkeiten. Über die Volksempfänger wurde die Lage bekannt gegeben. Man erfuhr allerdings nur das Notwendigste und dies nur zu bestimmten Zeiten. Diejenigen, die das vernommen hatten, verbreiteten die Neuigkeiten dann im ganzen Dorf. Wann endlich würde Schluss sein mit all den harten Tagen? In all den Jahren des Krieges und der Besatzung hatte sie nicht mehr an die Zukunft gedacht. Nur der nächste Tag war wichtig. Diesen einen nächsten Tag so gut es ging zu schaffen und dann wieder den nächsten. Abends vor dem Einschlafen ein Gebet zu Gott gerichtet. Einen Dank dafür, dass sie es mit Gottesglauben geschafft hatte ... Fragen, wie es weiter gehen soll, wären ohne Antwort geblieben. Man fängt an, mit Gott und dem Schicksal zu hadern. Stellt vieles in Frage, aber in letzter Ausweglosigkeit finden wir dennoch Trost im Gebet. Wir können die Antwort nicht hören, also klammern wir uns an die Hoffnung. Wir können ja mit ihm reden im Glauben, dass er uns hört. Es konnte nur mehr aufwärts gehen.

Das Schicksal von Anna S., jedes einzelne Schicksal und auch das eines ganzen Volkes – eines haben sie gemeinsam: Sie haben allesamt nicht aufgegeben. Sie, so wie viele andere, haben alles gegeben. Es ist wie bei einem Haus, das man baut. Jeder einzelne Ziegelstein ist wichtig, um ein Ganzes zu erreichen.

Anna S. hat ihre Kraft an ihre Kinder weitergegeben. Mit Stolz schaut sie sich um. Allen Widrigkeiten zum Trotz hat sie nicht aufgegeben. Wie stolz wäre ihr Mann, könnte er seine Kinder nun sehen. Sie sind inzwischen erwachsen geworden und haben selber Familien. Eines haben sie gelernt: Ein Aufgeben gibt es nicht und die Kraft der Liebe und der Familie hilft über jede Krise hinweg.

Der 15. Mai 1955. Freiheit! Es war der Tag, an dem alle Österreicher wieder Hoffnung schöpften! Freiheit! Österreich ist frei!

Arbeiter bei Bundesbahn.

Auf der Strecke ...

Isolde Galli, St. Georgen am Längsee

Ein Stück Kindheit

Meine Mutter weinte vor Freude und Erleichterung, mein Vater lachte und klatschte und mein neunjähriger Bruder und ich, elf Jahre alt, versuchten zu verstehen, was an diesem 15. Mai 1955 so außergewöhnlich war, dass wir alle gebannt vor unserem Radio hockten und zuhörten, als ob ein Hörspiel oder ein Fußballmatsch übertragen worden wäre.

Viele Jahre später habe ich mich immer gewundert, warum dieser besondere Tag so gänzlich aus dem Bewusstsein der Menschen verschwunden ist, warum er kein Staatsfeiertag wurde, warum diesem Tag keine Ehre zuteil geworden ist, denn für mich war er etwas Besonderes.

Ich wurde am 17. Februar 1944 in Puchberg am Schneeberg in Niederösterreich geboren, mein Vater, ein Kärntner, war dort 1941 stationiert und hatte so meine Mutter kennen gelernt und 1942 geheiratet. Nach dem Krieg übersiedelten wir in die Heimat meines Vaters, der hier 1946 einen Posten als Lehrer bekam.

Meine Mutter hatte immer Heimweh nach ihren Eltern und Geschwistern in Niederösterreich und so kam es, dass wir jedes Jahr wenigstens einmal für drei Wochen mit dem Zug dorthin fuhren. Diese Reisen waren aufregender und beschwerlicher als alle Reisen, die ich später als Erwachsene gemacht habe (und ich bin immerhin viermal durch die USA getourt). Wir fuhren damals um sechs Uhr früh los, mussten zweimal umsteigen, von der englischen Besatzungszone in die russische Zone wechseln, also am Semmering eine schwer bewachte Grenze überqueren, und kamen erst am späten Abend in Puchberg an. Dazu kam noch, dass meine Mutter die ersten Jahre nach dem Krieg allein mit uns kleinen Kindern, einem großen Pappkoffer und einem Rucksack war, weil mein Vater (abgerüstet als Major der deutschen Wehrmacht) eingeschriebenes NSDAP-Mitglied gewesen war und Angst vor den Russen hatte (hängt wiederum damit zusammen, dass seine Mutter aus dem Sudetenland stammte und deren Familie auf Hitler als großen Befreier gehofft hatte).

Ich weiß noch, dass wir immer sehr lange am Semmering gestanden sind und meine Mutter sagte: »Seid still und brav, schaut auf den Boden, damit euch die Soldaten nicht bemerken!« Die Russen mochten nämlich Kinder – und einmal haben sie meinen kleinen Bruder, weil er sie angelacht hat, mitgenommen – sie wollten ihm nur Schokolade schenken. Aber weil meine Mutter nicht verstand, was sie sagten, wurde sie vollkommen hysterisch, als der mit einem Maschinengewehr bewaffnete Soldat ihr das Kind vom Schoß nahm und aus dem Abteil trug. Sie stürzte ihm nach, umklammerte ihn und schrie: »Das ist mein Kind!« Worauf der Soldat ziemlich zornig wurde und mein kleiner Bruder laut zu weinen begann. An die Episode kann ich mich genau erinnern, ich muss damals vier oder fünf Jahre alt gewesen sein. Ich weiß aber auch noch, dass die Soldaten Männer aus dem Zug geholt und Koffer durchwühlt haben und dass alle Menschen sehr verängstigt waren.

Die Züge damals hatten noch Dampf-Lokomotiven und wenn man aus dem Fenster schaute, kriegte man Kohlestücke in die Augen, was sehr brannte.

Es war wundervoll, wenn wir dann endlich in Puchberg aus dem Zug stiegen und meine geliebten Großeltern, aber auch Tanten und Onkeln, Cousins und Cousinen am Bahnhof standen (Großvater hatte immer einen Leiterwagen dabei für das Gepäck), uns umarmten und dann alle nach Hause marschierten, während die Sterne schon am Himmel standen und die Straßenbeleuchtung im Wind schaukelte.

Deshalb war für mich dieser 15. Mai 1955 so ein besonderer Tag, deshalb hat meine Mutter Freudentränen geweint und mein Vater geklatscht, denn dieser Tag bedeutete für uns keine Grenzen mehr im Land, keine fremden Soldaten; wir hatten ein Stück Freiheit gewonnen.

Ich bin auch Lehrerin geworden und habe 39 Jahre lang versucht, meinen Schülern im Geschichtsunterricht die Bedeutung dieses Tages zu vermitteln, aber ich denke, das geht nicht. Für meine Schüler war es ein Kapitel wie viele andere auch – für mich aber ist es ein Stück Kindheit; ich habe es wirklich erlebt.

Drei Geschwister –
drei Nationalitäten.

Das Pferd war oft gefragter als der Mensch

Hildegard Kren, Retz

Nicht mehr staatenlos

Wenn ich an die Unterzeichnung des Staatsvertrages denke, so sehe ich mich als elfjähriges Mädchen im Turnsaal der Hauptschule, und ich sehe Verwunderung der anderen Kinder, weil ich bei der Übertragung der Feierlichkeiten immer lauter zu weinen begann. Als sich auch mehrere Lehrer nach mir umdrehten, ging ich in die äußerste Ecke des Saales, um nicht mehr so arg aufzufallen. Obwohl ich weinte, war ich in meiner Erinnerung das glücklichste Kind der Welt. Es war, als ob alles mich ganz besonders betreffen würde. Ich gehörte nun ja auch dazu, war österreichische Staatsbürgerin wie alle anderen Mädchen meiner Klasse. Als Figl »Österreich ist frei!« rief, da schluchzte ich laut, war so aufgewühlt vor Glück, dass ich am liebsten alle umarmt hätte, aber niemand konnte mich verstehen, das war deutlich zu sehen. Mein Verhalten löste nur Befremden aus. Als ich vergangene Woche Schulfreundinnen von damals fragte, ob wir nachträglich eine Tonbandaufzeichnung hörten, konnte sich niemand an diese Feierstunde erinnern. Es blieb also bloß mir unauslöschlich in Erinnerung. Ich dachte mir deshalb nur: »Was wisst denn ihr, was für ein Glück es ist in diesem wunderschönen Land leben zu dürfen. Ich bin so dankbar, weil wir vor einem Jahr die Staatsbürgerschaft verliehen bekamen.

Nun brauchen die Eltern nicht mehr beim Ausfüllen von Formularen ‚staatenlos' oder ‚ohne' bei der Frage nach der Staatsbürgerschaft zu schreiben. Wir sind Österreicher und das Land ist frei. Was für ein Wunder!« Aber das berührte meine Mitschüler nicht so sehr wie mich, denn sie waren ja alle von Geburt an Österreicher. Ab diesem Augenblick liebte ich das Land noch viel mehr, als ich es bis zu diesem Zeitpunkt bereits getan hatte.

Ich wurde am 5.1.1944 im jugoslawischen Banat geboren. Am 3.10.1944 erfolgte die Flucht, die genau ein Jahr dauerte. Man kann sich wohl vorstellen, was der Verlust der Heimat und die Fahrt mit dem Pferdewagen in eine ungewisse Zukunft für die Menschen bedeutet haben muss. Regen, Kälte, viele Kinder, alte Leute und zumeist Frauen, weil der Großteil der Männer eingerückt oder in Gefangenschaft war. Wir waren für vogelfrei erklärt, also ohne Rechte. Es ging durch Ungarn, Österreich und die Tschechoslowakei. Die Fahrt nach Deutschland wurde von amerikanischen Besatzungssoldaten in Oberösterreich verhindert. Der Flüchtlingstreck wurde zurückgeschickt. Kaisersteinbruch war längere Zeit Lagerplatz. Im Herbst verschlechterte sich die Situation jedoch so arg, dass die Leute versuchten auf Gutshöfen Arbeit und Unterkunft zu finden. Die Wiesen waren durch die Regenfälle total durchnässt, wir waren nirgends angemeldet und bekamen deshalb keine Lebensmittelkarten. Vater sagt heute noch öfters: »Niemand wollte uns. Nicht einmal die Russen nahmen uns im Lager auf. Sie holten uns nur zum Arbeiten ab.«

Alle waren glücklich, die auf einem der Gutshöfe von Gräfin Stephanie Harrach aufgenommen wurden. Obwohl anfangs mehrere Familien in einem Raum untergebracht waren, waren alle froh endlich ein Dach über dem Kopf zu haben. Da die Flüchtlinge Pferde hatten, bedeutete dies aber auch eine große Hilfe für die Verwaltung der Gutshöfe. Pferde waren für die riesigen Felder Gold wert und verdienten deshalb auch mehr als die Menschen.

An dieser Stelle möchte ich mich im Namen der vielen Flüchtlinge bei Gräfin Harrach bedanken, denn wahrscheinlich hätten viele einen weiteren Winter im Pferdewagen nicht überlebt. Vater war froh, dass er wieder arbeiten konnte, und er arbeitete so, als ob es sein Feld gewesen wäre, was auch honoriert wurde. Mutter hatte sich auf der Flucht so verkühlt, dass sie ohne den monatelangen Aufenthalt im Rudolfsspital nicht überlebt hätte. Heute noch sind wir dem Arzt unendlich dankbar, der es durchsetzte, eine Flüchtlingsfrau in einem Wiener Spital unterzubringen. Mit den wenigen Lebensmitteln, die Vater sonntags brachte, konnten Medikamente beschafft werden. Der Arzt bemühte sich so, weil sein Studienkollege ebenfalls aus Rudolfsgnad stammte, dem Heimatort meiner Familie.

Bereits auf dem Neuhof bemühten sich die Eltern um die österreichische Staatsbürgerschaft, doch konnten wir keine Unterstützung durch den Parndorfer Bürgermeister erwarten. Er sagte, dass dies nicht gegen uns persönlich gerichtet sei. Die Gemeinde sei jedoch äußerst arm, und die Flüchtlinge würden großteils aus alten Leuten und Kindern bestehen.

Im April 1952 pachteten die Eltern mit einem verwandten Ehepaar einen alten Gutshof im Waldviertel. Alle waren glücklich, weil sie wieder selbstständige Bauern waren. Außerdem wurden sie auch bei ihrem Bemühen um die Staatsbürgerschaft unterstützt. Die Verleihung erfolgte im Jänner 1954.

Meine Schwester Brigitte wurde im Juli 1955 geboren. Sie kam bereits als österreichische Staatsbürgerin auf die Welt. Welches Glück sie hatte, wurde mir bewusst, da meine Schwester Hedwig, geboren am 18.8.1951, im Vorjahr völlig entsetzt war, als sie erfuhr, dass sie als Staatenlose zur Welt kam. Sie hatte dies bisher nie bedacht. Als ich ihr sagte, dass wir damals doch alle staatenlos waren, nach der Flucht sogar »vogelfrei«, sagte sie: »Als ihr zur Welt gekommen seid, da hattet ihr aber eine Staatsbürgerschaft.«

Ich bin eine glückliche und dankbare Österreicherin mit einer tiefen und unerschütterlichen Liebe zu diesem Land. Das kleine, zerbombte und ausgeraubte Land hat so vielen Menschen geholfen, ihnen Aufnahme gewährt. Die Flüchtlinge der ersten Generation wussten dies besonders zu schätzen. Mit großem Fleiß gingen sie ihrer Arbeit nach, bauten in der Freizeit Häuser und schufen sich eine neue Heimat.

Der Staatsvertrag war für Österreich und seine Bevölkerung ein einschneidendes Ereignis. »Österreich ist frei!« Wer könnte jemals den Anblick von Figl, als er diese Worte sprach, vergessen und die glücklichen, tanzenden Menschenmassen? Daran sollten alle denken, wenn im Parlament wieder böse und gehässige Worte fallen. Denken wir an die Verbundenheit, die damals herrschte.

Beim Gedanken an die Unterzeichnung des Staatsvertrages steht im Hintergrund auch immer der an die Verleihung der Staatsbürgerschaft an meine Familie.

Ein Amerikaner in Salzburg.

Sommerfrischler
im Salzkammergut

Ingeborg Bolt, Salzburg

Von Salzburg nach Amerika

Geboren 1930, erlebte ich die Hitler- und Kriegesjahre in meinem Elternhaus – erbaut von meinem Großvater, Zahnarzt Hans Suitner, im Jahre 1914 – im Stadtteil Riedenburg, wo ich mich auch heute, nach einem abenteuerlichen Leben in anderen Ländern und Kontinenten, wieder befinde. Hier verbrachten wir trotz »Anschluss« und Kriegsjahre eine hauptsächlich durch meine guten Eltern gewährleistete halbwegs normale Kinder- und Jugendzeit. Wenngleich unterbrochen vom Schrecken der Luftangriffe und der unentwegten Aufforderung: »In den Stollen gehen!« Nichts bereitete die Eltern, meinen jüngeren Bruder und meine jüngere Schwester darauf vor, dass wir 1945 abrupt unser großes, gemütliches Elternhaus mit großem Garten an der Alm verlassen und Liebgewordenes nun in Wohnung, Keller, Dachboden und Garagen zurücklassen mussten.

Plötzlich standen wir ausquartiert von den Besatzungsmächten auf der Straße! Mein Vater, Dipl.-Ing. Obenaus, der im E-Werk eine verantwortungsvolle Stelle bekleidete, veranlasste unsere vorläufige Übersiedlung in das kleine E-Werk in der Kendlerstraße, wo wir das Dachgeschoß bezogen. Vater, Mutter und drei Kinder ... Ich, die Älteste, half bei allem schon tüchtig mit; die Schule war geschlossen. Mit dem Leiterwagen transportierten wir verschiedenes Hab und Gut nach Maxglan, oder mittels Fahrrädern, die kleine Elfie vorne im Kindersitz, Richard, zehnjährig, mit eigenem Rad. Teils waren diese Aktivitäten für uns auch eine große Gaudi und unter den halbwüchsigen Jugendlichen entstanden neue Freundschaften und naive Liebeleien.

Um unsere Ernährung mussten wir uns nicht sorgen, die getreuen Eltern waren unermüdlich bestrebt, dass es uns an nichts mangelte. Sie verbargen ihren enormen seelischen Kummer und ihre Enttäuschung über den vordem idealistisch bewerteten »Anschluss an Deutschland« und den großen Verrat in ihren betrübten Herzen. Doch es blieb mir nicht verborgen, dass meine Mutter nachts in den Armen meines Vaters bittere Tränen vergoss. Über alles hinweg half ihnen die Kunst und die Musik, sie widmeten sich nun umso mehr ihren verschiedenen Talenten. Vati malte und spielte Geige, Mutti Klavier, und es wurden nach wie vor mit verschiedenen Salzburger Familien Musikabende veranstaltet und Hausmusik betrieben. Schon in jungen Jahren waren die Schwestern Grete und Tonia Suitner in der Kunstszene bekannt, meine Mutter als Pianistin und die leider viel zu früh verstorbene Tante Tonia im Tanz.

Vordem in der Hitlerjugend, besuchte ich nun den Mädchenkreis bei den Evangelischen Schwestern und die Tanzschule Reiter. Die große Offenbarung war allerdings das Festspielhaus, das sich nun »ROXY«-Theater nannte und aus dessen Innerem mich beim Gang in die Tanzschule herrliche

Melodien begleiteten, eine Musik, die mir ganz neu war, und die mich träumen und hoffen ließ. Erstmals hörte ich Melodien von Glenn Miller, die mich aufhorchen ließen, und nun erschienen mir die Besatzer auch schon viel netter. Ja, es wurden nach der Tanzstunde sogar verbotene Abweichungen in das Festspielhaus getätigt.

Da ich schon gut Englisch sprach, konnte ich mit den Soldaten in unserem besetzten Haus reden und trickreich weiter Sachen aus unserer und der Großeltern Wohnung herausholen. Da ich in enger Verbindung mit der Riedenburger Jugend – hauptsächlich mit den Buben – stand, begingen wir auch noch andere, vor den Eltern geheim gehaltene, Schadtaten, »Organisieren« genannt. Wir erleichterten die Besatzungsmitglieder gerne ihrer nachlässig herumliegenden Güter, wie Alkohol und Zigaretten. Waren sie auch unsere »Befreier«, so wollten wir doch Vergeltung üben. Wir hatten so unsere Verstecke und wurden langsam frecher, bis meine Vater mich ausfragte und ich gestehen musste, womit wir uns im Schwarzhandel unser extra Taschengeld verdienten. Er ging mit mir zum »Major«, doch der lachte und schenkte uns, was wir zurückgeben sollten. Vati belehrte uns darüber, dass es nicht an uns sei, Rache zu üben; er sagte: »Sie sind die Sieger und wir müssen es hinnehmen!«

Die Jahre vergingen mit weiteren Umzügen und dem immer noch besetzten Haus. Die Großeltern wohnten in Freilassing, Dentist Onkel Hans Suitner war in der Elisabethvorstadt, Onkel Dr. Richard Suitner ordinierte in der Auerspergstraße. Wir wohnten bei den Eltern von Vati in der Haunspergstraße.

Nach der Matura (1949) war ich zwei Jahre in der Schweiz, um endlich Geld zu verdienen. 1951 – zurück in Salzburg – begann ich bei den »USFA Engineers« in Kleßheim meine Bürolaufbahn und lernte meinen späteren Mann kennen.

Bald nach unserer Heirat suchten wir eine eigene Wohnung, und da ich einen Amerikaner geheiratet hatte, sollte uns von der USFA eine solche zugeteilt werden. Der Haken dabei war – »irgend eine«. Jetzt begann ich mich auf meinen Aufstand gegen die Besatzungsmacht zu besinnen und erklärte meinem überraschten Gatten, dass unsere Wohnung nur im eigenen Elternhaus – nach wie vor besetzt – sein könnte. Da Gerald ein so gutmütiger, liebenswerter Mensch war, konnte ich ihn von dieser Notwendigkeit überzeugen, und weil er bei seinen Vorgesetzten im USFA Hauptquartier am Mozartplatz so beliebt war und seine sture Frau nicht nachgab, erreichten wir unser Ziel. Das schier Unmögliche geschah, die Wohnung im Parterre unseres Hauses, die ehemalige meiner Eltern, gerade »diese Wohnung« wurde uns zugewiesen. Große Freude für alle Beteiligten. Wir zogen zusammen mit unserem ersten Sohn Ronald und den Großeltern, die wir aus Freilassing holten, in unser Familienhaus. Ich bemühte mich, meine armen Großeltern, die sich sehr freuten endlich wieder im eigenen Haus und Garten herumwerken zu können, so gut als möglich neben meiner Büroarbeit zu betreuen und ihnen das Leben angenehm zu machen.

Nun wurde immer öfters davon gesprochen, dass Österreich bald frei sein werde und die Besatzungszeit dem Ende entgegen gehe. Meine Eltern und Geschwister, Onkeln und Tanten konnten es kaum erwarten, wieder in das Familienhaus mit seinen großen Wohnungen zurück zu kommen. Das Haus, bald zehn Jahre besetzt, sah dementsprechend schäbig aus und wir hielten Familienrat, wie die Zukunft aussehen würde. Für mich jedenfalls nicht so gut, denn ich musste aus Anlass des kommenden »Staatsvertrages« mit meiner kleinen Familie dann die Heimat verlassen. Gerade jetzt gefiel mit das Leben in Salzburg besonders gut. Gerald und die Großeltern verstanden sich wunderbar. Er lernte mit Ronny zusammen deutsche Worte und Sätze. Wenn Großmama mich daran erinnerte für Gerald »mehr und besser« zu kochen, sagte mein zuvorkommender Gatte zu ihr: »Großmama, was Inge tut, ist alles gut!« Und alle meine Bekannten und Verwandten beneideten mich um diesen guten Mann.

Am 15. Mai 1955 wurde in Wien im Schloss Belvedere der Österreichische Staatsvertrag unterzeichnet und es war uns klar, dass wir nun Austria bald verlassen sollten. Die Großeltern verblieben in der Parterre-Wohnung, meine Eltern bezogen mit den Geschwistern den ersten Stock, die Verwandten kehrten zurück. Doch zu dieser Zeit waren wir schon in den USA. So wurde das Haus nach immerhin zehnjähriger Besetzung wieder an die Eigentümer zurückgegeben und Reparationszahlungen erbracht. Eine unruhige und aufregende Zeit fand somit ihr Ende.

Im August 1955 brach die Familie Bolt von Salzburg in die »Neue Welt« auf. Der große Abschied vom Elternhaus und allen meinen Lieben, von der weinenden Großmama, den sorgenvollen Eltern, der vertrauten Heimat, das war für mich der »Staatsvertrag«. Das Ende einer Ära und Neubeginn anderswo. Heute, fast ein halbes Jahrhundert danach, bleibt diese Zeit unvergesslich in meiner Erinnerung. Unser erster Sohn Thomas wurde schon in Fort Sill, Oklahoma, als Amerikaner geboren – am 30. November 1955.

Romana Petrasch, Hohenau an der March

Vergangene Zeiten

Elfriede lacht heute wieder sehr viel, doch in ihrer Kindheit musste sie einige harte Schicksalsschläge ertragen. Die Mutter, Antonia, war eine sehr strenge und katholische Frau. Thomas, der liebenswürdige Vater, war Maurer von Beruf. Die Familie bestand aus drei süßen Kindern. Der einzige Sohn Josef wurde 1920 geboren. 1930 kam das erste Mädchen, Erika, zur Welt. Als drittes und letztes Kind erblickte 1936 Elfriede das Licht der Welt. Alle drei Sprösslinge waren sehr süße und aufgeweckte Kinder. Sie kamen alle in Hohenau, einem kleinen Ort in Niederösterreich, zur Welt. Der Vater ermahnte sie stets vorbildlich zu sein und gab sich eifrig und korrekt. Die Eltern liebten ihre Kinder sehr, trotzdem wurden sie sehr streng erzogen. Wenn die Kassa einmal wieder knapp war, tat Thomas alles um seiner Familie eine warme Mahlzeit zu servieren. Manchmal mussten die Kinder aber leider doch mit knurrendem Magen zu Bett gehen, weil man mit den Vorräten sparsam umgehen musste. Beim Essen durfte man kein Wort sprechen und das tägliche Tischgebet gehörte zum Alltag.

Eines Morgens im Jahre 1939 geschah etwas völlig Unvorhergesehenes, das die Familie komplett aus der Bahn warf. Der Zweite Weltkrieg hatte begonnen; Vater und Sohn mussten gegen ihren Willen in den Krieg ziehen. Von nun an begann eine Zeit voller Hoffen und Bangen. Die Mutter musste aufs Feld arbeiten gehen, um das Geld für das tägliche Brot zu verdienen. Früh morgens ging sie aus dem Haus und spät abends kam sie wieder. Nur am Sonntag gab es Fleisch, das genoss man dann sehr. Beklagen durfte man sich in dieser Zeit nicht, denn man musste froh sein überhaupt etwas zu essen zu haben. Ein paar Mal im Monat schickten der Vater und der Bruder Briefe, was ein Lächeln aber auch tiefe Traurigkeit in die Gesichter der Familie zauberte. Das schlimmste am Krieg war aber der Fliegeralarm, denn immer wenn der heulende Ton ertönte, musste man sich im Keller seines Hauses verschanzen. 1944 kam dann ein Brief, der tief Wunden in die Familie riss. Antonia las den Brief vor und Tränen rannen ihr an den Wangen herunter. Darin stand, dass der Vater im Krieg gestorben sei. Nach diesem harten Schicksalsschlag wurde Antonia zu einer unglaublich starken Persönlichkeit. Es war ja auch kein Wunder, denn sie wurde mit fünfunddreißig Jahren Witwe.

1945 kam endlich wieder einmal eine gute Nachricht. Der Krieg war beendet, das sorgte für Jubel und Freudentränen unter den Menschen. Elfriede und Erika gingen zum Bahnhof um ihren erwachsenen Bruder. Glücklich über die Rückkehr des Bruders, aber auch ein wenig betrübt, gingen sie alle nach Hause. Antonia hatte sich für ihre Kinder liebvolle Kosenamen ausgedacht. Aus Josef wurde »Peppi«, aus Erika »Riki« und aus Elfriede schlicht und einfach »Elfi«.

Die Drei waren sehr stolz auf sich, als sie 1954 ein eigenes Lebensmittelgeschäft eröffnet hatten. Der achtundzwanzigste April in diesem Jahre war ein Tag, der das Leben der Familie schlagartig veränderte. Um zehn Uhr morgens betrat ein alter Mann den Laden und starrte die beiden Frauen ungläubig an. »Guten Tag!«, sagten Erika und Elfriede in einem Satz. Der Mann erwiderte: »Hallo meine Mädchen! Seid ihr aber groß geworden, ich hatte euch ganz anders in Erinnerung.« Erika holte Peppi, während Elfi den Mann weiterhin ungläubig ansah. Als sie alle versammelt waren, sagte der alte Mann: »Ich bin euer Vater.« Elfi, Riki und Peppi weinten vor Glück und umarmten ihren Papa. Nach ein paar Minuten brachten sie ihn zu ihrer Mutter. Antonia rannen die Tränen an den Wangen herunter, als sie ihren geliebten Mann sah. Sie umarmte ihn so fest sie ihn nur konnte.

Thomas erzählte seiner Familie, warum er erst nach so vielen Jahren zurückkehrte. Er wurde 1954 erst wieder richtig gesund, denn 1945 wurde er schwer verletzt in ein Krankenhaus eingeliefert. Dort stellte man außerdem fest, dass Thomas sein Gedächtnis verloren hatte und sich an nichts erinnern konnte. Seine Erinnerung kehrte erst vor einigen Tagen vollständig zurück. Jetzt hatte seine Familie alles verstanden und war wieder glücklich.

Am 15. Mai 1955 versammelten sich viele Menschen auf den Straßen und hörten dem Mann zu, der sprach. Er schrie so laut, so dass ihn alle hören konnten: »Österreich ist frei!« Ab jetzt sind wir neutral. Österreich hat den Staatsvertrag unterschrieben. Jubel und Tränen sah man in den Gesichtern der Menschen. Nun ging es allen wieder besser und es ging langsam wieder bergauf.

Der Staatsvertrag ist eine Vertragsschrift, mit der sich Österreich zu Neutralität nach dem Zweiten Weltkrieg verpflichtet hat. Der Krieg stellte eine globale und feindselige Auseinandersetzung mit extremen Verlusten an Mensch und Material dar, wie es sie nie zuvor in der Menschheitsgeschichte gegeben hatte. Ab 1955 war Österreich eine Bundesrepublik mit neun Bundesländern.

Die Jugend von heute sollte die Neutralität schätzen, denn das, was damals passierte, möchten sie sicher nicht am eigenen Leib spüren.

So hat mir meine Oma die Geschichte erzählt und so habe ich sie niedergeschrieben. Krieg ist etwas Furchtbares und Dank des Staatsvertrages herrscht seit einem halben Jahrhundert Frieden in Österreich.

Das verbinde ich mit fünfzig Jahren Staatsvertrag.

Günter Antony, Waidhofen an der Thaya

Der Italienurlaub

Zu Ostern 1955 machten wir die erste Auslandsreise nach dem Krieg. Ein Jahr vorher hatte meine Vater einen gebrauchten Kleinwagen, einen Renault 4 CV gekauft. Das Auto sah aus wie der kleine Bruder vom VW-Käfer, hatte vier Türen, aber nur drei Gänge. Mit einem kleinen Hauszelt im Gepäck war das Mittelmeer unser Ziel. Am Brenner lag noch etwas Schnee, aber unten am Gardasee war es schon Frühling. Von der »Gardesana«, einer am Westufer in den Felsen gehauenen Straße mit etlichen Tunnels und vielen Kurven, hatte man immer wieder einen prächtigen Ausblick auf den See. Bevor wir den Apennin überquerten, nächtigten wir in einem uralten Gasthof. Über zwei Hinterhöfe und einige Stiegen kamen wir endlich in das bescheiden eingerichtete Zimmer. Am nächsten Tag ging es dann auf einer schmalen, kurvenreichen Straße über das Gebirge. Wir waren etwas enttäuscht, denn wir erreichten Genua durch ein Tal und sahen das Meer erst, als wir auf der Küstenstraße waren. Auf dieser fuhren wir in Etappen westwärts bis zur französischen Grenze. Jedes Mal stellten wir auf Campingplätzen, die direkt am Meer lagen, unser kleines Zelt auf. Normalerweise verpflegten wir uns selbst, aber am 19. April führte uns mein Vater in ein feines Restaurant, denn meine Eltern feierten ihren Hochzeitstag.

Eine Episode werde ich nie vergessen: Wir betraten ein kleines Lebensmittelgeschäft, um verschiedene Sachen für das Abendessen einzukaufen. Der Inhaber bemerkte natürlich sofort, dass wir Ausländer waren und fragte uns, ob wir Deutsche oder Österreicher seien. Als wir letzteres bejahten, strahlte er vor Freude und fiel meinen Eltern regelrecht um den Hals, um sie abzuküssen. Aus seinem Mund kam ein Redeschwall, von dem wir kein Wort verstanden. Wir konnten uns den Grund für diesen typisch südländischen Temperamentsausbruch zunächst nicht erklären, bis er aus einem Nebenraum eine große Zeitung brachte, sie aufschlug und auf kleines Bild deutete. Auf diesem konnte man neben einem Flugzeug unsere Politiker Julius Raab und Leopold Figl erkennen. Den dazu gehörenden Text konnten wir natürlich nicht lesen.

Erst einige Tage später erfuhren wir von Landsleuten, dass eine österreichische Delegation, am 15. April 1955 aus Moskau kommend, in Bad Vöslau gelandet war und den Staatsvertrag mit im Gepäck hatte. Diese für Österreich so erfreuliche Nachricht wollte uns der Kaufmann mitteilen, aber er konnte nicht Deutsch und wir nicht Italienisch.

Auf der Weiterfahrt zur Adria wir es notwendig, irgendwo in der Poebene zu übernachten. In einem Bauernhof, der an der Hauptstraße lag, fragten wir einfach, ob wir neben dem Haus unser Zelt aufstellen dürften. Nach anfänglichem Zögern bekamen wir dann doch die Erlaubnis dazu. Von einer Scheune holte mein Vater einen Ballen Stroh, denn wir hatten damals noch keine Luftmatratzen. Es ist uns aber nicht gelungen ein Klosett zu finden. Das Wort »Gabinetto« wurde in unserer Aussprache nicht verstanden und auf die Frage nach »Toletta« wurde uns eine Spiegel gebracht. Es blieb uns daher nichts anderes übrig, als hinter eine abseits gelegene Staude zu gehen. Die Nacht verbrachten wir sehr ruhig, denn der Haushund, der an einem langen Laufdraht angehängt war, wachte auch über unseren Schlaf.

Am Morgen erlebten wir eine kleine Überraschung. Man forderte uns freundlich auf, in das Haus zu kommen. Nachdem wir in der Küche an einem großen Tisch Platz genommen hatten, gab es heiße Milch und Weißbrot als Frühstück. Als mein Vater dafür zahlen wollte, wurde freundlich, aber bestimmt die Annahme von Geld verweigert. Die Familie gab uns zu verstehen, dass wir für sie Gäste gewesen seien, die sie gerne bewirtetet hätten. Es muss ein reicher Hof gewesen sein, denn alles war modern eingerichtet und das Spülbecken sogar schon aus rostfreiem Stahlblech.

Natürlich konnten wir uns die Besichtigung von Venedig nicht entgehen lassen. Ein Führer zeigte uns die bekannten, aber auch die verborgenen Schönheiten der Lagunenstadt. Bei der letzten Nächtigung in Italien, in einem Hotel in Udine, machten wir die erste Bekanntschaft mit dem Fernsehen, das es in dieser Stadt schon gab.

In der Steiermark wurden wir dann noch einmal vom Winter überrascht und auch der Semmering war tief verschneit. Der einzige Wermutstropfen bei dieser sehr schönen

Urlaubsreise kam dann einige Zeit später. Wir hatten ohne vorherige Erlaubnis die Osterferien überzogen und für mein unentschuldigtes Fernbleiben flatterte eine kleine Geldstrafe von der Schule ins Haus.

Lydia Hickl, Katzelsdorf

In einem kleinen Dorf

Ich bin am 23. November 1947 geboren, nachdem mein Vater 1946 aus dem Krieg zurückkam, eine natürliche Folge. Mein Zuhause war ein Bergbauernhof in 800 m Seehöhe im südöstlichen Niederösterreich. Das 800-Seelen-Dorf hieß und heißt auch noch heute Trattenbach, eingebettet zwischen Semmering und Wechsel. Unser Hof war ein stattliches Anwesen mit 134 ha Grund, hauptsächlich Wald und Weidegebiet. Das Haus war sehr groß und im Stall standen damals zirka 45 Stück Rinder sowie zwei Pferde, einige Schweine und auch Schafe. Auch die Felder wurden damals noch bebaut und es gab auch immer genügend Arbeit. Auf dem Hof lebten, abgesehen von meinen Eltern und mir noch meine Großmutter väterlicherseits, mein Bruder, der um acht Jahre älter war als ich, und ein Knecht namens Franz, ein Cousin meines Vaters, der schon als Kleinkind zu uns kam, da er ein uneheliches Kind war und seine Mutter nicht für ihn sorgen konnte.

Doch von der ganzen Pracht dieses Anwesens war 1946, als mein Vater aus dem Krieg zurückkehrte, nicht viel zu sehen. Der Hof war von russischen Besatzungssoldaten niedergebrannt worden und die beiden Rinder, die meine Großmutter noch retten wollte, wurden ihr einfach von den Russen entrissen. Alle Bewohner mussten froh sein, wenn sie ihr Leben behalten hatten. In unserem Dorf wurden 23 Gehöfte von den Russen niedergebrannt. Das alles hat mir mein Vater, als ich ins Schulalter kam, erzählt.

Mein Vater hatte auch das große Glück ein Jahr seiner Volksschulzeit den berühmten Philosophen Ludwig Wittgenstein als Lehrer kennen zu lernen. Sicher hat ihn das für sein Leben geprägt, er hat mir das auch immer wieder bestätigt. Noch heute heißt unsere Volksschule Ludwig Wittgenstein Schule.

Obwohl die russischen Besatzungssoldaten von alledem keine Ahnung hatten, kamen sie eines Tages zu meinem Vater mit dem Befehl: »Du Bürgermeister!«, natürlich auf Russisch. Leider habe ich den russischen Ausdruck für Bürgermeister vergessen, obwohl es mir mein Vater immer wieder erzählte. Es wurde ihm sozusagen der Auftrag erteilt, die Gemeinde zu leiten und wieder aufzubauen aus Schutt und Asche, welche die Russen zurückgelassen hatten.

Ich weiß, dass er damals sehr oft nach Wien gefahren war, um bei der damaligen provisorischen Regierung für unser Dorf zu betteln. Er fuhr mit uralten Autos, wo fast nichts funktionierte, meistens auch die Bremse nicht, was natürlich oft sehr abenteuerlich endete, aber er kam immer unversehrt von diesen Fahrten zurück. Manchmal durfte ich ihn, gemeinsam mit seinem Gemeindesekretär »Michl«, begleiten und konnte dabei die Hartnäckigkeit meines Vaters beobachten, oft wurde er abgewiesen, ging durch die Vordertür hinaus und kam durch die Hintertür wieder herein, um seine Anliegen nochmals vorzutragen und irgendwie gelang es ihm immer wieder für unser kleines Dörfchen etwas zu ergattern.

Ganz schlimm war es im Jahr 1954, als unser Dorf von einem verheerenden Hochwasser heimgesucht wurde. Das war im August 1954 und im September trat ich in die erste Volksschulklasse ein. Mein Vater begleitet mich am ersten Schultag auf meinem Schulweg, der sich über eine Stunde hinzog. Er hatte Angst um mich, da durch das Hochwasser keine Straße mehr vorhanden war und die Feistritz, ein sonst harmloser Fluss, zu einem reißenden Wildwasser geworden war. Man konnte sich nur auf ganz schmalen Wiesenstreifen neben dem Fluss noch fortbewegen. Diese Zeit war besonders schwer für meinen Vater, da viele Gebäude, die mit viel Einsatz der Dorfbevölkerung nach der Zerstörung des Krieges erneut aufgebaut worden waren, durch das Hochwasser wieder vernichtet waren. Die Fahrten nach Wien wurden jetzt noch öfter notwendig.

Was mir aus dieser Zeit auch noch sehr gut in Erinnerung geblieben ist, war die Aufregung über die sogenannten »Schwarzschlachtungen« auf den Bauernhöfen, die damals strengstens verboten waren. Die Russen kontrollierten ganz genau den Viehbestand, da das Fleisch von einer Schlachtung natürlich ihnen zukommen sollte. Nur unter großer Gefahr riskierten die Bauern, bzw. Bäuerinnen, wenn der Hunger zu groß war, eine solche Schwarzschlachtung, immer bei Nacht starb dann oft ganz heimlich ein Schwein oder eine Ziege oder eben sonst irgendein Getier, das bei der letzten Zählung vielleicht doch nicht aufgefallen war. Die Beute wurde dann auch an alle Nachbarn stückweise verteilt, damit auch ja nichts Verräterisches übrig blieb.

Eine ganz besonders traurige Begebenheit ist mir im Gedächtnis geblieben, so als wäre es gestern passiert. Ein russischer Soldat hatte sich von seiner Truppe getrennt und arbeitete als Knecht auf unserem Nachbarhof. Er war somit desertiert und wurde natürlich von seinen Kameraden gesucht. Eines Tages, ich war auf diesem Hof bei meiner um vier Jahre älteren Freundin Liserl auf Besuch – die Russen hatten schon die ganze Bauernfamilie in der Küche aufstellen lassen und drohten einen nach dem anderen zu erschießen, falls sie nicht verraten würden, wo sich ihr Kamerad aufhielt. Plötzlich lief dieser draußen am Fenster vorbei, die Russen liefen sofort nach draußen und dann fiel ein Schuss. Vor unseren Augen wurde dieser Mann auf der Flucht erschossen. Meine Freundin Liserl und ich und natürlich die ganze Familie hatten einen großen Schock. Wir beiden Mädchen brachen sofort in Tränen aus, denn wir hatten diesen sogenannten Deserteur schon irgendwie ins Herz geschlossen. Er war ein freundlicher, liebenswerter Mensch und machte mit uns Kindern immer seine Späße. Wenn wir auch seine Sprache nicht immer sehr gut verstanden, er brachte uns immer zum Lachen und jetzt trugen sie ihn vor dem Haus vorbei, erschossen, er würde nie wieder seine Späße mit uns treiben. Er hatte aber durch seinen Tod die Familie meiner Freundin geschützt, denn diese wurde danach von den Russen verschont. Heute noch vermute ich, dass er damals mit voller Absicht vor dem Fenster vorbeilief, um unsere Leben zu retten. Wir Mädchen konnten dann nächtelang nicht schlafen, weil wir immer dieses Bild vor Augen hatten.

Damals mussten sich auch sämtliche weiblichen Wesen zwischen 15 und 50 Jahren regelmäßig verstecken, wenn die russischen Soldaten kamen, um sich vor Vergewaltigungen zu schützen. Das hat mir meine Großmutter väterlicherseits, später als ich alt genug war, um es zu verstehen, oft erzählt. Immer wieder hat sie sich, gemeinsam mit anderen Frauen am Heuboden unter dem Heu versteckt und die Soldaten haben mit Gabeln ins Heu gestochen, um sie zu finden. Immer nützte das Verstecken nichts und manche dieser geschändeten Frauen fand man dann irgendwo im Wald mit aufgeschnittenen Pulsadern, weil sie nicht mit dieser Schande weiterleben wollten.

Eines Tages fuhren mein Vater, meine Mutter, mein Bruder und ich mit einer Beiwagenmaschine, die mein Vater irgendwo erstanden hatte, in die Steiermark, Verwandte meiner Mutter besuchen. Dabei ist mir noch sehr gut die Kontrollstation der Russen am Semmering in Erinnerung. Dort stand so ein kleines Hüttchen, das irgendwie gestreift bemalt war und ein bewaffneter Russe kontrolliert die Identitätskarte – kurz I-Karte genannt – meiner Eltern, die man damals bei Ausgängen immer bei sich tragen musste. Als ich vier Jahre später dann den Film »Die Vier im Jeep« sah, wurde mir klar, was dieser Kontrollposten bedeutete: Unser kleines Österreich war in vier Zonen aufgeteilt und ich bewegte mich damals als Kind zu erstenmal von der russischen Zone in eine andere. So kamen wir über die Grenze und konnten die Eltern und Geschwister meiner Mutter besuchen. Ein Bruder meiner Mutter, Franz, war in Stalingrad gefallen und ich habe ihn leider nie kennen gelernt. Es war auch bei uns im Dorf kaum eine Familie, die nicht einen Vater oder Sohn im Krieg verloren hatte. Mein Vater erzählte nie viel aus dem Krieg, aber immer wieder hörte ich ihn sagen, wie sinnlos das alles war, wie viele seiner Kameraden nicht mehr heimkehrten und wie viele Frauen um ihre Ehemänner und Söhne trauern mussten.

Da unser Gebiet zum Ende des Krieges Frontgebiet war, lagen hier in den Wäldern auch noch viele Kriegsgeräte herum und viele meiner Mitschüler fanden diese meist noch scharfen Kriegsreste, dachten, sie könnten damit spielen und verletzten sich meist sehr schwer. Es wurden ihnen die Finger und ganze Hände abgerissen und immer wieder kamen diese armen Kinder dann schwer verstümmelt in die Schule zurück und das Entsetzen darüber verfolgte mich über viele Jahre.

Und dann kam dieser große Tag, den ich nie vergessen werde, es war ein 15. Mai, der Geburtstag meiner Mutter. Der 15. Mai 1955. Mein Vater fuhr mit Mutter und uns Kindern bis in die nächstgelegene Stadt Gloggnitz, wo es damals schon einen Kinosaal gab, damit wir in der Wochenschau mit eigenen Augen sehen konnten, wie unser damaliger Außenminister Leopold Figl mit großer Freude und Stolz den unterzeichneten Staatsvertrag vom Balkon des Belvedere dem jubelnden Volk in Wien zeigte mit den unvergessenen Worten – »Österreich ist frei«. Ich habe meinen Vater niemals weinen sehen, aber damals in diesem Kinosaal saß er tränenüberströmt neben mir und allein dadurch wurde mir bewusst, wie wichtig das für unser Österreich und sein ganzes Volk war.

Mein Vater blieb noch über vier Perioden Bürgermeister unseres kleinen Dörfchens. Es blühte auf und ist bis heute ein kleines Schmuckstück in dieser Region. Er erhielt dann auch fast am Ende seiner politischen Tätigkeit das »Goldene Verdienstkreuz« um die Republik Österreich.

Immer wenn ich heute im Fernsehen eine Wiederholung dieser Szene mit Leopold Figl sehe, kommen mir die Tränen, besonders mit dem Bewusstsein, wie viele Kriege immer wieder auf dieser Welt geführt werden und keiner davon ist sinnvoll; wo immer wieder unschuldige Menschen ihr Leben dafür lassen müssen, jedes kriegsführende Land ganz sinnlos zerstört wird. Darum ist für mich auch die Gründung der EU so wichtig. Noch niemals hatten wir in diesem Europa so lange keinen Krieg und die EU ist für mich eine Gewähr dafür, dass das auch in Zukunft so bleiben wird.

Ich habe meine Erlebnisse aus meiner Kindheit auch schon oft meinem Sohn, der heute 25 Jahre alt ist, erzählt, damit er versteht, wie wichtig es ist, in einem friedlichen Land leben zu können, wo Meinungsfreiheit und Wahlrecht selbstverständlich sind. Unsere Jugend soll immer wieder verstehen lernen, wie sinnlos Kriege sind.

WALTER AMON, LINZ

Der Kongress in Moskau und die Mizzi-Tant

Kongress in Moskau; die einsame Entscheidung Leopold Figls.

Österreich sollte als Reparation unter anderem die Öl- und Gasfelder in Niederösterreich an die UdSSR für 50 Jahre übergeben. Unser Minister für Vermögenssicherung und Wirtschaftsplanung Dr. Peter Krauland, er gehörte dem ersten Regierungskabinett nach dem Zweiten Weltkrieg an, hatte hierbei in Vertretung der österreichischen Interessen einen schweren Stand, und noch viel mehr seine für die Wirtschaftsplanung zuständige Sektionschefin Frau Dr. Margarethe Ottillinger. Da sie Widerstand gegen diese Forderungen leistete, wurde sie 1948 kurzerhand von den Russen an der amerikanisch-russischen Demarkationslinie in Enns aus dem Auto des Ministers heraus verhaftet. Sie wird in Moskau zwei Mal zum Tode verurteilt, dann zu 25 Jahren Zwangsarbeit begnadigt, »zu jeder Arbeit einsetzbar, auch wenn sie das Leben kostet«.

Gegen Mitte der 50er Jahre wurden die Staatsvertragsverhandlungen intensiviert. Die westlichen Alliierten USA, Großbritannien und Frankreich waren bald einig, verzichteten auf Besatzungskosten und Reparationskosten, nur die Sowjetunion stellte diverse Forderungen.

Staatsvertragsverhandlungen fanden an verschiedenen Orten statt. Wiederum war eine österreichische Delegation unter Führung unseres Außenministers Dr. Leopold Figl zu Schlussverhandlungen in Moskau. Stundenlanges Ringen, die Chancen auf eine Einigung mit den Russen standen auf Messers Schneide. Von der österreichischen Botschaft in Moskau wird unserem Außenminister zwischendurch die Kurierpost aus Österreich übergeben, er öffnet einige Kuverts.

Bei der nächsten aufkommenden Meinungsdifferenz, wie etwa die jugoslawischen Ansprüche auf Kärntner Gebiet, springt Dr. Figl auf mit den Worten: »Unannehmbar, die österreichische Delegation verlässt noch heute Moskau.« Betroffene Gesichter auf österreichischer, erstaunte auf russischer Seite.

Im Flugzeug Moskau-Wien herrscht Schweigen. Mein Gewährsmann sitzt hinter Dr. Figl, beugt sich zu ihm vor und fragt: »Herr Außenminister, Sie müssen schlechte Nachrichten durch die Kurierpost erhalten haben?« Figl dreht sich schmunzelnd zu ihm um: »Keineswegs, die Mizzi-Tant hat eine Sau abgestochen!«

Die Russen, erstaunt von der Abreise der österreichischen Delegation, lenkten ein, sie verzichteten auf bereits zugestandene Öl- und Gaskonzessionen, Schurfrechte und andere Vermögenswerte gegen eine finanzielle Ablöse. Das »Moskauer Memorandum«, der Staatsvertrag wird am 15. Mai 1955 unterzeichnet.

Diese Geschichte erzählte mir Herr Mano Hirsch, Direktor der ÖMV, als wir bei einem internationalen Erdgaskongress im Jahre 1970 in Moskau weilen, bei dem Frau Dr. Ottillinger, die sieben Jahre in russischen Gefängnissen und Arbeitsstraflagern überlebt hat und nunmehr eine führende Stellung in der ÖMV innehat, als Kongress-Ehrengast der Sowjetunion teilnimmt und einen Orden erhält.

Orchesterproben
unter der Leitung von
HDir. Wolfgang Stern
(Jg. 1947)

Erich Halper-Manz, Mödling

Das Konzert

Zufällig fiel mir kürzlich wieder einmal das historische Bild der Staatsvertragsfeier in die Hände. Dasjenige, auf dem Figl und Raab einträchtig mit Molotow und anderen Außenministern auf dem Balkon des Belvederes den begeisterten Menschenassen zuwinken. Das Bild ist ebenso legendär wie der Ausruf Figls: »Österreich ist frei!«

Auf mich hatte man bei diesem freudigen Ereignis total vergessen. Dabei war eigentlich ich derjenige, der diesen historischen Erfolg ermöglicht hat. Nun, Figl hat mit Molotow einige Gläschen Wodka gekippt und Raab mit Mikojan seine Virginias geteilt und Politiker müssen immer im Blitzlichtgewitter sein. Doch eigentlich sollte ich im Rampenlicht stehen und gefeiert werden. Gut, vielleicht nicht ich ganz allein, einen kleinen Anteil gestehe ich meinen Freunden und Kameraden des Knabenchores zu und vielleicht auch ein wenig unserem Herrn Direktor. Doch der Auslöser für dieses geschichtliche Geschehen war ich und das kam so:

Für musisch war ich immer schon gehalten worden, doch mein Deutschlehrer hatte eine andere Auffassung über Wortwahl, Interpunktion und Stil als ich. Meine Noten sahen dementsprechend aus. Also steckte man mich in den Knabenchor der Hauptschule. Der Herr Fachlehrer Wagner bemühte sich geduldig, uns Disziplin, Rhythmus und Atemtechnik beizubringen. Aber letztlich fanden wir Gefallen an unserem Gesang, vor allem als wir begannen bei verschiedenen Anlässen vor Publikum aufzutreten und von den begeisterten Eltern und anderer Verwandtschaft mit Torten, Kuchen und Limonaden belohnt wurden. Unsere Erfolge blieben dem Herrn Direktor natürlich nicht verborgen und er überlegte sicherlich sehr lange, wie er uns auszeichnen konnte. Uns wären einige gute Noten im Zeugnis sehr recht gewesen, doch er fand eine andere Möglichkeit. Die Weihnachtsfeier der Stadtgemeinde sollte diesmal in der Mödlinger Bühne, Kino und Theatersaal, stattfinden und durch Aufführungen verschiedener Schulen verbrämt werden.

Dass ein gewisses Konkurrenzdenken zwischen den einzelnen Direktionen herrschte, kann man nicht in Abrede stellen und so versammelte Herr Müller, der Direktor, uns samt Fachlehrer Wagner um sich und verlangte ganz einfach, unser Bestes zu geben. Unter Androhung eines Dreiers in Betragen, eines Vierers in Leibsübungen und eines Fünfers in Musik wollte er, dass wir über uns hinauswuchsen, alles in Grund und Boden sangen und der Schule keine Schande bereiteten.

Aus Gründen der Nostalgie und Tradition sollte der Kaiserjägerwalzer zur Aufführung gelangen, hatten die Hoheiten doch lange die Wälder unserer Umgebung unsicher gemacht. Wir nahmen die Bitte unseres Dirktors als das entgegen, was sie war – ein Befehl und übten auf Teufel komm raus. Dann der Tag der Aufführung. Sie wissen ja, wie das ist – zögerndes Eintreffen aller Beteiligten, erste Probe, Verzweiflung des Kapellmeisters, zweite Probe, der Dirigent will auswandern und wird nur durch das Versprechen aller Beteiligten, künftig alles besser zu machen, daran gehindert, Abmarsch zur Bühne, noch eine Probe, der Fachlehrer versucht sich die Haare einzeln auszureißen, Generalprobe, Herr Wagner ruft nach dem Techniker der Bühnenmechanik, um im Boden versinken zu können und dann – warten. Nicht dass wir Kinder nervös gewesen wären, man konnte uns ja beinahe als Profis bezeichnen, aber das Klo hatte einen Zulauf, wie es sonst nur berühmte Persönlichkeiten beim Autogrammschreiben haben.

Dann war es soweit. Bleich, mit zittrigen Knien stolperten wir auf die Bühne. Mir war schlecht. Ein Blick in den Zuschauerraum tat nichts dazu, dass es mir besser ging. Dicht gedrängt lauter fremde Gesichter, kein Sessel frei, nur ganz hinten, beim Eingang in einer Menschentraube, die keinen Sitzplatz mehr gefunden hatte, glaubte ich meine Mutter zu erkennen, die mir heftig zuwinkte.

Der Chor hatte eine etwas eigenartige Aufstellung – wir bildeten ein großes M, für Mödling, eine Idee unseres Direktors, und ich stand in der Mitte des Ms an der Spitze, da ich ein kleines Solo zu singen hatte. Der Herr Fachlehrer hob den Taktstock, schlug damit die Stimmgabel und – alle Beschwerden und Nervosität waren verflogen; wir sangen, wie es sich der Direktor gewünscht hatte, wir tirilierten und jubilierten.

Stille herrschte, als wir geendet hatten, doch dann brach Applaus los, es wurde gebrüllt, geschrieen und getrampelt, dass der Putz von der Decke fiel. Doch auch weiß bestäubt hielt die Begeisterung an.

Wir gaben ein *da capo*, die Beifallsstürme hielten an und dann erhob sich Oberst, ich weiß nicht, wie er hieß, der Chef der Kommandantur und bat um Ruhe. Mit Tränen in den Augen stand er da und rief: »Ein Labsal für die russische Seele. Ich bin tief gerührt.« Dann dachte er kurz nach und wandte sich an uns. »Ihr könnt euch etwas wünschen, ich werde es erfüllen.«

Wir blickten uns an. Was sollten wir erbitten, eine elektrische Eisenbahn oder ein Fahrrad kam uns in diesem Moment nicht in den Sinn. Herr Direktor Müller kam uns zu Hilfe. Er sprang von seinem Sitz auf, verbeugte sich vor dem Oberst und rief: »Wir wünschen uns«, rief er in den Saal, »wir wünschen, dass die Besatzungszeit zu Ende ginge.«

Es brauste ein Beifallsturm auf, als ob der Direktor seinen Wunsch gesungen hätte. Der Oberst blickte nachdenklich in die Runde, dann hob er die Hände. »Charascho!«, sagte er, als es im Saal ruhig war. »Ich werde es veranlassen.«

Nun der Rest – siehe oben.

Helmtraud Eleonore Zak, Baden bei Wien

Erinnerungen an den Kriegsausklang und Neubeginn in Österreich

Aus Erzählungen meiner Großeltern und Eltern weiß ich sehr viele Geschehnisse aus der Nachkriegszeit. Wie zum Beispiel zwei Mädchen von tschechischen Soldaten erschossen wurden, weil sie Hunger hatten und am Straßenrand aus Milchkannen etwas Milch tranken. Das passierte auf unserer Flucht von Südmähren, im nördlichen Weinviertel. Wir mussten alle Häuser, Gärten, Felder und zwei Betriebe verlassen und fliehen. Mit dem Pferdewagen fuhren wir mit wenig Hab und Gut und einigen Windeln – da ich erst 14 Tage jung war – bis zum Attersee in Oberösterreich.

Hier wohnten wir in einer Seehütte mit einem Hund und vielen Hundeflöhen. Aber Mutti war tüchtig und stillte mich ein volles Jahr und arbeitete für verschiedene Familien rund um den See. Nach etwa einem Jahr zogen wir in ein altes Schloss, wieder in das Weinviertel. Eine sonnige Wohnung im ersten Stock gefiel uns Dreien recht gut und wir durften hier zwei Jahre verbringen. Mutti erzählte mir, ich hatte einmal meine Notdurft in ein Papiersackerl getan und dieses beim Fenster hinunter in den Hof geworfen. Das Fenster war vergittert.

Wir warteten hier auf die Rückkehr unseres Vaters, er war

von den Tschechen verhaftet worden und musste in die russisches Gefangenschaft nach Sibirien und nach Odessa am Schwarzen Meer und wurde so wie seine vielen Mithäftlinge zur Zwangsarbeit bestimmt. Im Jahr 1948 kam Vater abgemagert auf Haut und Knochen heim. Endlich konnte ein Familienleben beginnen; aber ohne Arbeit und noch zu schwach von den vielen Hungertagen, war man froh, von Verwandten und Bekannten kleine Unterstützungen zu erhalten.

Viele Städte in Österreich waren zerstört, zerbombt und oftmals Häuser dem Erdboden gleichgemacht. Schwere Arbeitsjahre standen der österreichischen Bevölkerung bevor.

Ein in meiner Heimat Südmähren am 14.12.1870 geborener Österreicher, ein tüchtiger Politiker namens Karl Renner, bildete am 27.4.1945 als Staatskanzler eine provisorische Regierung und war von Dezember 1945 bis zu seinem Tode im Dezember 1950 der erste Bundespräsident Österreichs.

Im Jahre 1948 bekamen meine Eltern, Schwester und ich eine Wohnung in einer niederösterreichischen Kleinstadt zugewiesen. Ein altes Ehepaar hatte diese sonnige Gartenwohnung, Garten mit Obstbäumen und anschließendem Installationsbetrieb, frei. Vater musste, trotzdem er Österreicher war und als Spengler und Installateur vor dem Krieg in seinem väterlichen Betrieb gearbeitet hatte, nochmals die Meisterprüfung ablegen. Mit dem Fahrrad unterwegs, konnte er nun viele kaputte Wasserleitungen und Abflüsse verlegen und wir vier hatten endlich ein angenehmes Leben. Mutti kaufte zwei Hühner und zwei Enten, welche im Garten fleißig unterwegs waren. Ebenso kletterten wir zwei Mädchen von einem Baum auf den anderen. Sogar die Kirchturmspitze sahen wir. Nun zogen wir von hier in die Triester Straße und Vater meinte, es wäre besser mit einem zweiten, schon bestehenden Geschäftsbetrieb und Inhaber zusammenzuarbeiten. Das hielt nicht lange an. Tüchtige Menschen wollen weiterkommen und Arbeit gab es genug.

Ein sehr großes altes Haus mit zwei Geschäftslokalen wurde von einer Baronin aus Wien verkauft. Rechts vom Einfahrtstor war eine Leichenbestattung und links war eine Gastwirtschaft. Mein Vater borgte Geld und kaufte das halbe Haus. Das Schindeldach (Holzschindeln) war so desolat, dass ich oder meine Schwester bei starkem Regen immer auf den Dachboden gehen und Kochgeschirr aufstellen und ausleeren mussten. Wir hatten hier bald auch ein Installationsgeschäft errichtet. Der zweite Geschäftsmann und mein Vater entschlossen sich für einen neuen Dachstuhl und eine neue Dacheindeckung. Der Preis dafür war höher als der Kaufpreis des Hauses. Hier hatten wir einen sehr großen Hof mit Plumpsklo, Ratten bei Tag und Nacht und zur Zeile rückwärts einen Obst- und Gemüsegarten, sowie viele Blumen. Aber keinen Kletterbaum.

Meine Schwester und ich besuchten Kindergarten und Volksschule und wir mussten sehr sparsam leben. Oft saß ich bei einer Einbrennsuppe bis zu drei Stunden – die Suppe war kalt und hatte eine dicke Haut; aber gegessen musste sie werden. Das Gemüse und Obst vom Garten waren wohl schmackhafter.

Mehrere Male kamen Tanten, Onkel, Cousin und Cousine zu uns zu Besuch. Alle nannten mich »Vogerl« oder Traudi, da ich zartgliedrig wie eine Puppe war. Meine Omi nannte mich Schlangenmensch. Ab dem vierten Lebensjahr ging ich in eine Gymnastik- und Ballettschule und war so gelenkig, dass ich mit der »Brücke« stiegenauf- und -abwärts gehen konnte, auch den Spagat, Riesenrad und Hand- und Kopfstand beherrschte ich.

Die Tante Brita spielte Klavier und meine Gymnastikgruppe lernte schöne Tänze. Jährlich hatten wir eine Aufführung im Stadtsaal auf der Bühne. In der Volksschulzeit waren wir gemischte Klassen und es unterrichtete auch ein sehr strenger Schuldirektor. Ein sehr großer, starker Mann, welcher gerne ein Rohrstäbchen in der Hand hielt. Wir hatten zu folgen.

Im Schulgarten standen nahe dem Zaun viele Maulbeerbäume – sie wachsen heute noch.

In der Triester Straße marschierten damals oft auch die Russen mit den Gewehren auf und ab. Ich hatte nicht nur vor diesen Angst, sondern später auch vor meiner Schwester und meinen Eltern. Denn Schläge bekam ich oft grundlos – nur wenn ich vom Eislaufplatz zu spät heimkam oder im nahegelegenen Bad im Sommer mit meinen Schulfreundinnen zu lange tratschte. Manchmal hatte ich auch vor den tennisballgroßen Hagelkörnern Angst.

Im eisigen Winter musste ich täglich mit Mutti und Schwester um sechs Uhr früh zur Rorate gehen. Im kalten hohen Kirchengebäude froren meine Finger und die Zehen, aber singen lernte ich hier ordentlich. Weihnachten war auch eine schöne Zeit – viele Kinder wurden in einen großen Saal geladen. Hier stand ein hoher, geschmückter Weihnachtsbaum und viele Päckchen lagen unten am Boden. Wir Kinder sangen eifrig Lieder wie »Leise rieselt der Schnee«, »Oh Tannenbaum« und »Stille Nacht, heilige Nacht« – und dann war eine festliche Ansprache des Bürgermeisters und alle Kinder bekamen Päckchen und strahlten vor Glück. Hier in Neunkirchen war ein ehemaliger Buchdrucker namens Josef Graf von 1946 bis 1960 der Bürgermeister.

Unser Installationsgeschäft ging sehr gut, auch andere Geschäftszweige klagten nicht. Die Stadt Neunkirchen war nicht so wie die Stadt Wiener Neustadt ganz zerbombt.

Als lediger Mann hatte mein Vater in meinem Geburtsort ein Auto der Marke Tatra. Nun waren wir eine angesehene, tüchtige, strebsame Familie und Vater brauchte wieder ein Auto. Die umliegenden kleinen Ortschaften mit den wohlhabenden Bauern gaben viel Arbeit für unseren Betrieb. So kaufte Vater einen kleinen LKW als Geschäftsauto. Die Farbe war ähnlich den Panzerfahrzeugen – graubraun – die ich ja auch noch in Erinnerung hatte.

Mutti besuchte manchmal mit Schwester und mir eine Kinovorstellung. Sobald ich einen Soldaten mit Gewehr oder Revolver sah, versteckte ich mich, legte meinen Kopf auf Muttis Schoß und drückte meine Hände fest auf die Ohren, sodass ich nichts sehen und hören konnte.

Das Basteln in der Schule mochte ich gerne, Turnen, Singen, Handarbeiten, Kochen und die Lerngegenstände gefielen mir ebenso. Die beste Schülerin war ich nicht, denn im Geschäft bei Mutti und Vati war es interessanter. Mit dem siebten Lebensjahr hatte ich die »Heilige Kommunion« und mit dem 13. Lebensjahr die »Heilige Firmung«. Beide Feste in der großen gotischen Stadtpfarrkirche in Neunkirchen. Meine Firmpatin hieß Maria und ich erhielt von ihr eine schöne Armbanduhr als Firmungsgeschenk.

Bald war die Gegend von Neunkirchen, auch Steinfeld oder südliches Industrieviertel von Wien genannt, einigermaßen verschönert. Nicht nur Hausdächer, sondern auch teilweise die Hausfassaden wurden neu gestaltet. Das waren gut verdienende Leute, das Leben war trotzdem schwer zu meistern. Ein Liter Milch kostete zwei Schilling und ein Stollwerk zehn Groschen. Unsere Mutti konnte gut eigenes Brot backen, gute Mehlschmarren mit Kompott vom eigenen Garten zubereiten. Ab und zu gab es Fleisch von den Bauern mit Gemüse.

Mutti war gelernte Hutmacherin, also Modistin, und da wir fleißige Leute waren, bekamen wir auch bald alle einen Hut. Die Trenchcoatmäntel und viele andere Kleidungsstücke schenkten uns die Verwandten.

Am Sonntag gingen wir regelmäßig zum Kirchgang – alle vier elegant und sauber – und anschließend im Stadtpark spazieren. Dieser Park war und ist sehr schön und weitläufig und immer wieder gingen wir beim Denkmal und der Eiche des Turnvaters Friedrich Ludwig Jahn vorbei. Dieser Jahn war der deutsche Vorkämpfer einer natürlichen Erziehung – des Turnsports. So durfte ich wie einige meiner Freundinnen auch dieser Vereinigung, dem Österreichischen Turnerbund, beitreten und schöne Bergturnfest miterleben. Auch Wettkämpfe in Leichtathletik bestritten wir.

Im Sommer veranstalteten viele kleine Gemeinden Feuerwehrfeste. Meine Familie war meistens dabei, denn Vater hatte dadurch ständig Kontakt zu Bürgermeistern und viele Arbeitsaufträge kamen anschließend in unser Geschäft. Wir hatten auch schon Mitarbeiter und Installationslehrlinge zur Ausbildung. Die größte Freude war für mich der neue-alte Ford Kastenwagen mit Doppelsitzbank. So konnten wir mit Verwandtenbesuchen oder kleinen Wochenendausflügen beginnen.

Im Schulunterricht wurden alle Kinder in Österreich in Deutsch und Geschichte unterrichtet. Seit Ende des Zweiten Weltkrieges im Jahre 1945 war Österreich in vier Besatzungszonen eingeteilt: In Nord-Tirol und Vorarlberg – französische Besatzung; Salzburg und Oberösterreich südlich der Donau – amerikanisch; Steiermark, Kärnten und Ost-Tirol – englisch; und Niederösterreich, Burgenland und Oberösterreich nördlich der Donau waren russisch besetzt. Wien war wie Berlin eine Viersektorenstadt. Die Innere Stadt von Wien wurde abwechselnd von allen vier Mächten verwaltet. Als Abschluss von Verhandlungen haben die österreichische Regierung und die Westmächte immer wieder versucht mit der Sowjetunion eine Einigung über Österreichs Zukunft zu erreichen. Plötzlich wurde Bundeskanzler Julius Raab nach Moskau eingeladen und nur nach drei Tagen sind die Bedingungen für den Abzug der Sowjettruppen geklärt gewesen. Österreich musste sich verpflichten keinem militärischen Bündnis beizutreten und auf österreichischem Territorium keine Stützpunkte fremder Mächte zu dulden. Zwischen Österreich und der Sowjetunion wurde wirtschaftlich festgehalten: Warenlieferung im Wert von 150 Millionen Dollar an die Sowjetunion zu liefern; für zwei Millionen Doller erhielt Österreich die Rechte an der Donaudampfschifffahrtsgesellschaft (DSG) zurück und für Lieferung von zehn Millionen Tonnen Öl verzichtete die Sowjetunion auf jegliche Ansprüche auf die österreichischen Ölvorkommen. Dafür erhielt Österreich die volle Souveränität zurück.

Bis Ende 1955 waren sämtliche Besatzungstruppen entfernt und abgezogen und alle österreichischen Kriegsgefangenen in die Heimat zurückgekehrt. Österreich verpflichtete sich keine politischen und wirtschaftlichen Bindungen mit der BRD einzugehen.

Der Staatsvertrag wurde in Wien im Schloss Belvedere am 15.5.1955 unterzeichnet. Das war eine feierliche Großveranstaltung, wobei die vier Besatzungsmächte den Staatsvertrag für Österreich unterzeichneten. Anschließend gingen die diplomatischen Herren, sowie Österreichs Außenminister Dr. Leopold Figl auf den Balkon des Belvedereschlosses. Dr. Figl hielt das Buch mit den Unterschriften hoch und rief laut: »Österreich ist frei!«

Ganz Österreich feierte und die Fahnen wurden an vielen Häusern auf den Fahnenstangen befestigt. Fotos und gemalte Bilder, etwa von der Unterzeichnung und das Balkonbild, sind in jedem österreichischen Geschichtebuch enthalten.

Im Staatsvertrag nicht enthalten, aber als eine »conditio sine qua non« für den Abzug der Besatzungstruppen musste Österreich sich verpflichten, neutral nach dem Vorbild der Schweiz zu werden. Daher kam es am 26. Oktober 1955 (das war ein Tag nach Ende der zehnjährigen Besatzung) zum Beschluss des Neutralitätsgesetzes. Österreich wird aber, anders als die Schweiz, eine aktive Neutralitätspolitik betreiben und eine diplomatische Drehscheibe zur Zeit des kalten Krieges werden.

Ich freute mich auch über die kleinen Späherheftchen. Man konnte Symbole, Autokennzeichen und verschiedene Kästchen ausfüllen oder sein Wissen einsetzen. Das macht bei jeder Ausflugsfahrt mit den Eltern im Auto Spaß.

Die Wiener Staatsoper hatte durch den Zweiten Weltkrieg arge Schäden erlitten und wurde nach jahrelanger Renovierung am 5. November 1955 unter großen Feierlichkeiten wieder für Opernspiele eröffnet. Ebenso an diesem Tag endeten in Wien die deutsch-österreichischen Verhandlungen mit gegenseitiger diplomatischer Anerkennung.

Die Filmwelt brachte noch im Jahr 1955 den ersten Teil von »Sissi« mit Romy Schneider und Karl-Heinz Böhm als Kaiserin von Österreich und Königin von Ungarn und Kaiser Franz Josef von Österreich und König von Ungarn heraus. In den weiteren zwei Jahren kamen die nächsten zwei Filmteile, »Sissi, die junge Kaiserin« und »Sissi, die Schicksalsjahre einer Kaiserin«, auf die Leinwand.

In den Volksschulklassen waren wir 30 bis 33 Kinder – Buben und Mädchen. Wir hatten immer eine gute Klassenkameradschaft, aber sehr strenge Lehrpersonen und schwindeln bei Schularbeiten und Tests war nicht leicht möglich. Damals hatte ich eine Schulfreundin, die gerne viele Kinder einlud. Da aß ich zum ersten Mal Spaghetti mit Tomatensauce. Ich fand das scheußlich, doch jetzt esse ich es gerne. Bald kamen auch ausländische Obst- und Gemüsesorten aus Italien: Erdbeeren, Birnen, Bananen, Weintrauben und Pfirsiche. In Österreich konnte jeder Erwachsene Arbeit finden und genug zum Essen kaufen. Diese aufsteigenden Arbeitsjahre nannte man Hochkonjunktur. Die italienische Adria sah ich mit 19 Jahren. Da durfte ich mir die Reise selber mit meinem Verlobten zusammenstellen und buchen. Das war wunderschön, Rom, Palermo, Castelvetrano, Segesta, Palermo, Neapel und Venedig zu sehen. Und ich habe das wunderbare Salzwasser und Freunde aus der Schweiz und aus Schweden kennengerlernt.

Einige Daten aus alten Nachkriegszeitungsblättern:

1 Blatt Anzeigenkurier Nr. 328 gibt bekannt – »KINO DER WOCHE« in Wien: 12 Kinos im 1. Bezirk, 7 Kinos im 2. Bezirk, 13 Kinos im 3. Bez., 5 Kinos im 4. Bez., 7 Kinos im 5. Bez., 7 Kinos im 6. Bez., 5 Kinos im 7. Bez. und in Neunkirchen gab es damals 3 Kinos – eine Kleinstadt mit ca. 10.000 Einwohnern.

Eine Nacht in einem Gasthof – Espresso mit guter Wiener Küche, original Hauerweine, in- und ausländische Liköre, Cremo-Cafe, Wurlitzer Orgel, Fernsehen, Fremdenzimmervermietung – kostete pro Person ab 12,00 ATS, Garten und Autoeinstellung, auch für Betriebe und Reisegesellschaften – Südbahnort – Niederösterreich; Vollpension gab es um 32,00 ATS. Samstag und Sonntag gab es oft Tanzmusik.

»Neues Österreich« vom 12. Juni 1955 gab bekannt: Das schönste Maturageschenk – Philips Super Philishave mit dem Doppelscherkopf, der meistgekaufte Trockenrasierer der Welt – Preis 385,00 ATS – in Radio- und Elektrogeschäften erhältlich.

ALASKA Kühlschränke sparen Strom und sind Spitzenerzeugnisse vom Fachhändler – zum Preis von 1.950,00 ATS bis 3.390,00 ATS.

Ab 7.000,00 ATS erhalten Sie bereits ein Einfamilienhaus nach ihren Wünschen. Massivbauten in allen Gartenbezirken Wiens – Bauzeit 6 Wochen – Rest in Monatsraten auf 29 Jahre (staatliche Mittel) mit 2 2/3 % Verzinsung pro Jahr.

F.M. Tarbuk Opernring 11, Wien 1 und das Werk Wien X, Davidgasse 90 – lieferten folgende PKW: Skoda, DKW, Chrysler, Commer, Simca 9, Humber – Sunbeam –Talbot. Der Kundendienst für diese Automarken ist im Werk Wien und allen Bundesländern gesichert.
Steyr Fiat und Opel Autohaus am Ring gab es auch.
»Zeitgerechtes Bremsen muss erlernt werden.«
Im 17. Bezirk verkaufte eine Firma IFA – den bewährten F8 – zu Preisen: Limousine 23.500,00 ATS, Kombi 24.300,00 ATS und Kastenwägen zu 23.500,00 ATS und Type F9, 3 Zylinder und Framo-Lastwagen.
Ein Opel Olympia Rekord – zuverlässig – sparsam und formschön – mit eingebauter Heizung und Entfroster – frei Händler – Domizil kostete 45.100,00 ATS beim Opel Händler Kandl und Opel & Beyschlag.
»Neue Illustrierte Wochenschau« vom Sonntag 3.5.1959, Nummer 13, gab bekannt: »Buntes Leben – bunte Welt«, »Der Erfinder der Keilhose«, »Von der Greisslerstochter zur Operndiva: Toni Schläger, geb. 4.5.1859 und gestorben August 1910, in Niederösterreich, Türnitz, begraben«.
Prof. Hugo Ellenberger war Mitgestalter der Rundfunksendungen »Wissenschaftliche Sprechstunde«, »Zurück zur Schulbank« und führte ins Parlament, Kunstwanderungen, Friedhofsbesuche, Stadtpark, etc. Weitere Rubriken waren: »Für die Wochenschau notiert!«, »Neues vom Bodensee zum Neusiedlersee«, »Und in der weiten Welt«.
RAMA Delikatesse Margarine – für delikate Brote.

Gut in Form mit SAMARIN.
Zum Schritt ins Leben – eine Firmungsuhr – kostete ca. 320,00 bis 1.000,00 ATS: Lugana Präzision – Eleganz – 10 Tage zur Probe – 1 Jahr Garantie – 8 Monatsraten – erstklassiger Pflegedienst.
Presto die schnelle Abwaschhilfe – auch zum Wäsche-Einweichen.

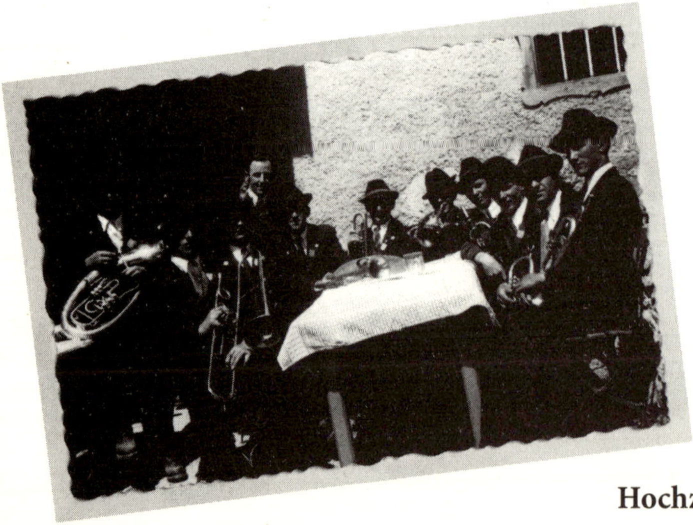

Hochzeit in den fünfziger Jahren.

Franziska Jahn-Druckenthaner, Wien XIX

Wien 1955 – 50 Jahre österreichische Geschichte

Dieses Jahr war eines der bedeutungsvollsten in meinem Leben. Im April 1955 habe ich in Bad Ischl geheiratet. Danach folgte ich meinem Mann in die neue Heimat, die Großstadt Wien. Die zähen Verhandlungen um die Neutralität unserer geliebten Heimat scheiterten immer wieder an dem hartnäckigen »Njet« Russlands. Dr. Figl glaubte unerschütterlich an den Abzug der Besatzungsmächte Amerika, England, Frankreich und Russland.

Am 15. Mai 1955 stand ich unter all den Menschenmassen vor dem Schloss Belvedere und hörte Dr. Figls Worte: »Österreich ist frei!« Diesen Jubel des Volkes kann niemand vergessen, der dabei war. Es ist wohl auch der Grund, warum unsere Generation so um die heiß erkämpfte Neutralität Österreichs bangt, seit wir Mitglied der EU sind. In diesem Menschengewühl wurde ich von meinem Mann getrennt und hatte große Mühe mich zu orientieren. Mit Hilfe der freundlichen Wienerinnen und Wiener fand ich doch nach Hause in den 18. Bezirk Währing. Mein Mann erwartete mich sehr besorgt, lebte ich doch erst seit zwei Wochen in Wien.

Unser gemeinsamer Lebensweg hätte nicht schöner beginnen können als mit der Freiheit unserer Heimat. Die Zukunft lag beglückend vor uns. Noch heute meint unsere Erstgeborene, gerade dieser Umstand führte wohl dazu, eine Familie zu gründen, eigentlich viel früher als geplant.

So stand ich als unübersehbar werdende Mutter am 26. Oktober 1955 am Ballhausplatz. Mein Mann hatte Bedenken wegen meines Zustandes und der Menschenmassen, doch meine Begeisterung war nicht zu stoppen. Wir waren rechtzeitig da, um einen schönen Platz zu bekommen. Etwas bange machten mich die vielen Menschen schon. Es war mir so wichtig das Inkrafttreten des Staatsvertrages persönlich zu erleben, mit diesem heftig strampelnden Kind, das ich unter meinem Herzen trug. Plötzlich spürte ich einen Drang in mir, der uns verzweifelt nach einem WC Ausschau halten ließ. Mein Mann kämpfte uns tapfer durch diese Menschenansammlung bis hin zum Bundeskanzleramt. Zwei Polizisten eskortierten mich zum gewissen Ort. Verlegen baten sie um Verständnis, als sie vor der Türe Wache bezogen. Etwas befremdet, unter Polizeigewahrsam zur Toilette gehen zu müssen, verstand ich, dass sie nur ihre Pflicht erfüllten. Es war erlösend, endlich den quälenden Druck des Kindes auf meine Blase loszuwerden. Unter diesen Umständen ist es fast natürlich, dass unsere Tochter heute eine engagierte Zeithistorikerin ist. Natürlich hätte sie die wahre Geschichte viel perfekter geschrieben als die Mutter.

2005 wird der Höhepunkt in meinem Leben werden: 50 Jahre Staatsvertrag und Goldene Hochzeit, so das Schicksal es zulässt.

3-sprachiger Identitätsausweis
aus der Besatzungszeit

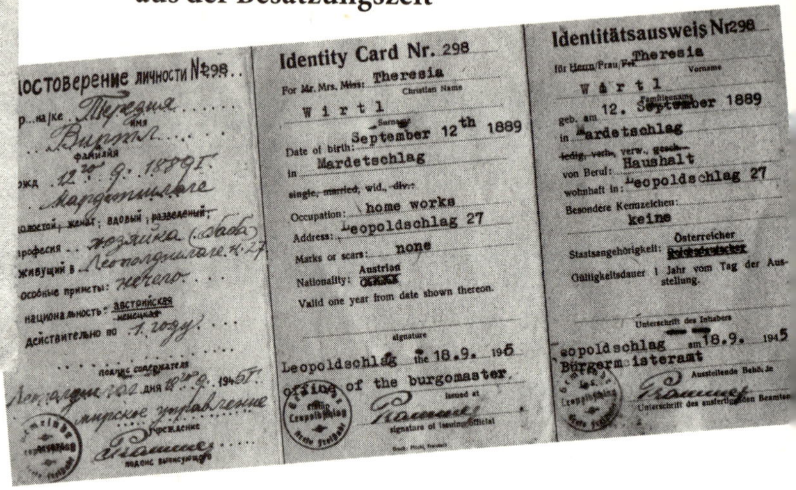

Foto einer
österreichischen
Großfamilie
Sommer 1957

Hochwasser in
Leopoldschlag (1954)

Leopold Pammer, Leopoldschlag

Eine trunkene Feier

Der 15. Mai 1955 ist den Österreichern ins Gedächtnis eingeprägt durch die Schlagwörter Belvedere, Staatsvertrag, Rotweiß-rot, Figls Ruf »Österreich ist frei!« und ähnliche patriotische Bilder. Ich war damals erst vier Jahre alt und hatte keine Ahnung von Politik oder nationalem Hochgefühl. Trotzdem ist mir dieser Tag unauslöschlich im Gedächtnis geblieben, allerdings aus ganz anderen Gründen.

Ich bin in Leopoldschlag aufgewachsen. Das war und ist heute noch ein Marktflecken im äußersten Norden Oberösterreichs, am Grenzfluss Maltsch gelegen. Jahrhunderte lang hatten die Leopoldschläger friedlich und freundschaftlich mit ihren Nachbarn jenseits der Maltsch zusammengelebt, hatten hinüber- und herübergeheiratet, hatten in Böhmen und in Österreich Häuser und Höfe gekauft, waren ebenso sehr mit Unterhaid, Zettwing und Kaplitz verbunden gewesen wie mit Rainbach oder Freistadt. Im Jahr 1945 erlitten die Leopoldschläger einen schweren kollektiven Schock. Nicht nur, dass die Rote Armee das friedliche Mühlviertel besetzte, sondern, was noch entsetzlicher war, die Freunde, Verwandten und Bekannten jenseits der Grenze mussten ihre Dörfer verlassen und wurden nach Deutschland oder Österreich vertrieben. Ihre Häuser verfielen und wurden nach wenigen Jahren gesprengt und mit Bulldozern dem Erdboden gleich gemacht. Von den 12 Häusern des Schwesternortes Neustift blieb keine Spur erhalten, im Nachbarmarkt Zettwing blieben die Kirche und ein Haus (von 80) übrig. Die Grenze wurde mit einem Stacheldrahtzaun und mit Minenfeldern dicht gemacht, jeder Verkehr zwischen den beiden Ländern aufs strikteste unterbunden. Dies hatte zur Folge, dass Leopoldschlag in eine Art Dornröschenschlaf verfiel. Man lebte plötzlich am Ende der Welt, wurde vergessen und an den Rand gedrängt. Der Ort war durch eine schmale Sandstraße mit Freistadt verbunden, das einzige Telefon stand auf dem Postamt, zweimal am Tag kam ein altersschwacher Postautobus aus Freistadt. Das einzige Auto besaß der Gemischtwarenhändler, der auch mit ein paar Benzin- und Petroleumfässern eine Art von Tankstelle betrieb. Einen Fernsehapparat besaß niemand, ein Radiogerät nur die Gastwirte. Nachrichten von der Außenwelt bezog man aus den beliebten »Mühlviertler Nachrichten«. Das nächste Kino befand sich im 16 km entfernten Freistadt. Einen besonderen Höhepunkt der Unterhaltung stellte der Herr Stadler dar, der alle paar Monate mit seiner Beiwagenmaschine angerauscht kam. Darauf hatte er sein Wanderkino verstaut und damit führte er in Hoffelners Gasthaussaal Sonntag nachmittags Spielfilme vor. Dies konnten sich beileibe nicht alle leisten, wir gehörten auch nicht zu den Glücklichen. Wir, das waren Vater, Mutter, Großmutter und damals acht – später insgesamt neun – Kinder, lebten in einem winzigen Häuschen mitten im Markt und waren bettelarm. Das kam daher, dass Vater als Sohn eines großen Bauern sich strikt weigerte, eine Arbeit als Unselbstständiger anzunehmen, da für ihn eine Existenz schlichtweg nur als Bauer vorstellbar war. Daher ernährte er seine stets wachsende Familie von einer winzigen Landwirtschaft in der Größe von drei Hektar und mit Hilfe der großmütterlichen Beamtenpension. Sein Schwiegervater – der Großvater – hatte nämlich die kleine Landwirtschaft nur im Nebenerwerb betrieben, im Hauptberuf war er Briefträger gewesen. Trotzdem war der Vater zu diesem Zeitpunkt Bürgermeister der Gemeinde Leopoldschlag. Dies hing sicher mit seiner beeindruckenden Persönlichkeit und seiner hohen Intelligenz zusammen. Zudem war es zu dieser Zeit noch keine Schande, arm zu sein, denn arm waren fast alle in unserem Dorf.

Wenn ich an diese frühe Kindheit zurückdenke, kommt mir mein Vater immer riesengroß vor. Er war auch für seine Zeit fast ein Riese. Über 1,80 m groß, 100 kg schwer und mit gewaltigen Schenkeln und Armen. Seine dröhnende Bassstimme, seine ernsten Gesichtszüge und sein scharfer Blick trugen dazu bei, dass wir Geschwister ihn mehr fürchteten als liebten. Er war scheinbar der unumschränkte Herrscher der Familie. Erst viel später habe ich begriffen, dass er vollkommen abhängig vom Wohlwollen, vom Geld und von der Arbeit der Großmutter war und diese ihre Vorteile durchaus gegen ihn einsetzte, wenn er sich gegen sie stellte. Nach außen hin spielte sie das Theater mit und erzog auch uns Kinder in diesem Sinne. Während der Vater politisch sehr interessiert war und seit Jugendtagen Mitglied der Christlich-Sozialen Partei und später der ÖVP war, hatten die beiden Frauen weder Zeit noch Interesse für derlei ehrenamtliche und brotlose Beschäftigungen. Die Großmutter hielt es dem Vater sogar für übel, dass er seine Zeit mit derlei »Spielereien« wie das Bürgermeisteramt vertat, ihrer Meinung nach hätte er mehr Geld für die Kinder verdienen sollen. Dies wehrte er in bewährter patriarchalischer Manier ab, indem er sagte, eine Frau habe nicht das rechte Verständnis für diese Männersachen. An seinem politischen Engagement und an seiner Begeisterung für die Blasmusik (er spielt jahrzehntelang den großen Bombardon) ließ er nicht rütteln. Für uns Kinder war er eine Art Halbgott – mächtig, streng, unnahbar und unbedingten Gehorsam fordernd. Er schreckte auch vor körperlicher Züchtigung der Kinder nicht zurück. Uns Buben strafte er durch »Beuteln« ab, das war schmerzhaftes Ziehen an den Haaren. Solche Erziehungsmethoden waren aber nichts Ungewöhnliches, das taten damals alle Väter. Ich muss ihm zugestehen, dass er redlich bemüht war seine große Familie durchzubringen, er arbeitete viel und gönnte sich selber kaum etwas, aber das kleine Gut warf eben nicht mehr ab, als wir unbedingt zum Überleben brauchten.

Umso ungewöhnlicher war Vaters Verhalten an jenem ominösen Maitag des Jahres 1955. Nach dem Mittagessen ging er nämlich nicht wieder an seine Arbeit, sondern ohne jemand etwas zu sagen, zum Nachbarn in die »Gemischtwarenhandlung Ig. Hinum«. Dieser Ignaz Hinum war ein überaus rühriger Mann: Neben der Gemischtwarenhandlung, einer kleinen Landwirtschaft und der rudimentären Tankstelle betrieb er noch eine Art Viehhandel. Als einziger Autobesitzer des Ortes hatte er die verantwortungsvolle Aufgabe übernommen, auf den Ferkelmarkt in Wels zu fahren und dort die begehrten Jungschweine aufzukaufen. Wegen dieser Tätigkeit hatte er den schmückenden Beinamen »Farl-Naz« (Ferkel-Ignaz) erhalten. Großmutter hielt große Stücke auf ihn, denn nur er war in der Lage, ihr die geeignete Schweinerasse, die »Bogauner« aus dem Bakony-Wald in Ungarn, zu verschaffen. Die Großmutter, die überzeugt war, die einzige und beste Schweinezuchtexpertin zu sein, gab ihm vor jeder Welsfahrt genaue Anweisungen, welche Ferkel er zu kaufen habe. Seine Haupteinnahmequelle aber war eine Einrichtung, die so manche Leopoldschläger Ehefrau heimlich verfluchte – die Tabak-Trafik und daran angeschlossen die sogenannte »Schnapsbudel«, also ein Spirituosenausschank. Dieses düstere Eck im Laden übte auf die Leopoldschläger Handwerker, Beamten und einige Bauern eine geradezu magische Anziehungskraft aus. Kaum war morgens das Geschäft geöffnet, fanden sich schon die Stammgäste ein. Der Schneidermeister, der Flickschuster, der Tischlermeister, der Mesner und Wagnermeister, der Bauer Bäckerkarl und der Schmied. Um dreiviertel zehn kamen dann noch der Oberlehrer, der Gendarmerie-Inspektor und einige andere. Man stand beisammen, rauchte, unterhielt sich – und soff. Böse

Zungen behaupteten, wenn der Alkoholspiegel hoch genug war, schenke der Krämer nur mehr eine Art »Beinwossa« (Bienenwasser) aus dreiviertel Wasser und nur einem Viertel Schnaps aus, aber lasse sich voll bezahlen. Den Zechern war es egal, irgendwann wankten sie beduselt zu ihrer Arbeit heim.

In diese Lasterhöhle also begab sich unser Vater am Nachmittag jenes 15. Mai. Er kam den ganzen Nachmittag nicht nach Hause. Mutter und Großmutter bekümmerte dies wenig, sie hatten genug im Haushalt zu tun. Es wäre ihnen auch nicht eingefallen, die paar Schritte zum Nachbarn hinüberzugehen und den Vater heimzuholen. Das wäre ein unausdenkbarer Gesichtsverlust für einen Mann gewesen, er hätte sich unter den anderen Männern nicht mehr blicken lassen können.

So verging der Nachmittag, wir kleineren Kinder saßen in der Stube beisammen und spielten. Gegen Abend hörte man vor der Haustür Stimmengewirr und ein Geräusch wie von einem schweren Fall. Kurz darauf wurde die Stubentür aufgestoßen – und wer beschreibt unser Entsetzen? Unser Vater, der gottähnliche, mächtige und gewaltige Vater, er kam auf allen Vieren in die Stube hereingekrochen. Er war sturzbetrunken.

Die beiden Frauen hoben mit vereinten Kräften den schweren Mann auf und setzten ihn auf einen Sessel. Die Großmutter besann sich gleich auf ein altes Hausrezept. Sie flößte ihm Milch ein und schmierte ihm Honig in den

Mund, wenn er ihn öffnete, um zu jammern. Aber er blieb die ganze Zeit unansprechbar. Schließlich schleppten ihn die Frauen schimpfend zu seinem Bett, zogen ihn aus und legten ihn hinein.

Am nächsten Tag, als er seinen Kater ausgeschlafen hatte, erzählte er nach und nach beschämt, wie es zu dem Exzess gekommen war. Er war in der Absicht zum Hinum gegangen, um dort den Staatsvertrag mit Freunden und Nachbarn zu feiern. Er war nämlich ein begeisterter Anhänger des Figl Poldl, wie man den Außenminister in der Partei nannte. Dass gerade er den Staatsvertrag ermöglicht hatte, freute die Leopoldschläger Gemeindepolitiker besonders. Außer den üblichen Stammgästen traf der Vater beim Hinum einen seltenen Gast – den Lexmüller von Hammern, einen weitum bekannten Geizkragen und Knicker. Doch heute war er wie ausgewechselt, und das hatte folgenden Grund: Sein Sohn und Erbe war mit einer sudetendeutschen Bauerntochter verheiratet. Sie war eigentlich die Erbin eines großen Hofes in Gurenitz bei Kaplitz, durch die Vertreibung war sie aber um ihr Erbe gekommen. Aus unerfindlichen Gründen glaubte nun ihr Schwiegervater, im Staatsvertrag sei die vollständige Entschädigung aller Sudetendeutschen vereinbart worden. Vielleicht hatte er etwas derartiges gelesen oder Radioberichte missverstanden, jedenfalls spielte er aus Vorfreude auf das große Geld den Gönner und hielt die ganze Corona in Hinums Schnapsbudel zechfrei. Der Vater ließ sich das nicht zweimal sagen, denn es war seit Menschengedenken nicht mehr vorgekommen, dass der Lexmüller die Spendierhosen angezogen hatte. Andererseits hatte Vater mangels Übung nicht die Standfestigkeit der Hinumschen Stammgäste und war nach ein paar Stunden total abgefüllt. Die guten Freunde schleppten ihn zur heimatlichen Haustür, lehnten ihn dort an und verschwanden geräuschlos. Die Großmutter zankte ihn noch etwas aus, und dann war alles wieder beim Alten.

Der Lexmüller hat niemals eine Entschädigung bekommen, für die Leopoldschläger hat der Staatsvertrag nicht viel geändert, nur ich habe sehr früh etwas gelernt: Auch die höchsten Respektspersonen sind nur Menschen und machen Fehler.

Maria Baumgartner, Gerasdorf bei Wien

Straßen im Grenzgebiet

»Österreich ist frei!« – Drei Worte sind es nur, die Bundeskanzler Figl am 15. Mai 1955 vom Balkon des Schlosses Belvedere aus den versammelten Österreicherinnen und Österreichern zuruft.

Drei Worte –

Ein Atemzug Stille für die Erfassung der Botschaft, dann Jubel, Beifall, glückstrahlende Gesichter.

Mitten in der Menge steht eine junge Frau. Sie war ein Kind, als 1945 der Krieg zu Ende ging – zu jung, um die volle Tragweite der Ereignisse zu verstehen, doch alt genug, persönlich Erlebtes für immer im Gedächtnis zu bewahren.

Bruchstückhaft sieht sie einzelne Bilder vor sich: Endlos scheinende Flüchtlingskolonnen, die vom Osten her nach Westen strömen. Später auf denselben Straßen Kolonnen von Kriegsgefangenen, die nach Osten getrieben werden. Frauen am Straßenrand versuchen, den ausgemergelten Gestalten Brot und Wasser zur Labung zukommen zu lassen.

Jahre später dieselben Straßen nach der Öffnung der Grenzen: Der »Eiserne Vorhang« – durchtrennt. Die Wachtürme entlang des Drahtverhaues – verlassen. Menschen aus dem

Osten überschreiten jubelnd die Grenze, strecken voll Hoffnung dem Bruder die Hände entgegen.

Nach Jahren der Unterdrückung: Freiheit!

»FREIHEIT FÜR ALLE!«

Maria Kirchner, Altenmarkt

Österreich ist frei!

Umständlich kletterte der Vater auf einen Sessel, er drehte am Rädchen des Radiokastens, der gesichert vor uns Kindern auf einem Brett knapp unter dem Plafond stand. Gelbes Licht erschien hinter der Skala. Rauschen, Stimmengewirr und Wortfetzen drangen in die Düsterkeit unserer bescheidenen Stube. »Seid still!«, befahl der Vater von seiner Höhe herab. »Jetzt kommen die Nachrichten.«

Auch der Großvater eilte herbei, er lauschte. Die Männer in unserem Haus waren immer am Weltgeschehen interessiert. Im Krieg hatten sie das Radio noch versteckt halten müssen. Es war verboten den Feindsender zu hören. Sogar bei der Arbeit am Feld diskutierten und politisierten meine Vorfahren. Kaum dass ich verstehen gelernt hatte, wurde mir der noch vor meiner Geburt liegende SS-Rückzug zu Kriegsende an unseren Talschluss durch diese Reden vertraut. Namen wie Himmler und Göring waren gefallen. Maschinengewehrsalven bringe ich mit den Namen in Verbindung; ich erstarrte beim bloßen Nennen des gefährlichen Geräts. Von bis auf die Knochen Abgemagerten sprachen meine Leute. Löcher mussten sie ausheben, um danach in sie hineingemäht zu werden. Über Stege wurden Menschen geschickt und hinterrücks niedergestreckt, einer nach dem anderen.

Bei uns daheim lagen verschiedene Kalender herum, die einen grauen Mann mit Schirmmütze und Schnauzbart zeigten. Was ich gefragt habe, weiß ich nicht mehr, ich kann aber die Antwort noch hören. Stimmen beschrieben mir das Gesicht als zu einem Massenverbrecher gehörend. Krieg und Tod verantwortete der Mann. Führer nannten sie ihn höhnisch, oder einfach Hitler.

Ich wagte das Gesicht fast nicht mehr anzuschauen, es war aber allgegenwärtig im Haus. In Stiefeln und mit zackigem Schritt stellte ich mir den Graugekleideten vor, mit immer erhobenem Arm.

»Eine Armstütze muss er getragen haben«, vermutete mein Vater. »Das gibt es ja sonst nicht, dass er den Arm so lange in der Höhe halten konnte.«

»Einen Beweis gibt es nicht dafür, dass er sich wirklich im Bunker umgebracht hat«, mutmaßte mein Großvater. »Vielleicht ist auch das nur Propaganda, wie alles was sie gemacht haben.«

»Ja, Augenauswischerei ist alles gewesen«, bestätigte mein Vater. »Aber die Russen sind ihm auf den Fersen gewesen. Er hat keinen Ausweg mehr gewusst.«

»Die Braun soll er am letzten Tag noch geheiratet haben, und all die Kinder vom Goebbels haben sie zuvor vergiftet«, erwiderte der Großvater.

Die Bücher und Kalender mit den Bildern des Führers hatten mein Vater und Großvater sich zur Information angeschafft. Wer kritisch sein will, muss Bescheid wissen. Eines

Tages waren die Druckwerke verschwunden. Die Mutter hatte mit dem Schürhaken die Ringe des Küchenherds geöffnet und die Bücher mit verächtlichem Gebrumme ins Feuer geworfen. Großen Stunk gab es, als der Vater vergeblich danach suchte.

»Unersetzliche Zeitdokumente sind das gewesen«, wetterte er wie von Sinnen.

»Seit Kriegsende ist es verboten, Propagandamaterial aufzubewahren«, verteidigte sich die Mutter uneinsichtig. »Wenn die Bücher jemand gefunden hätte, wären wir allesamt eingesperrt worden.«

»Du bist doch nicht normal«, beschimpfte der Mann seine Frau.

»Gut, dass das Zeug weg ist«, konterte sie.

Aufschnupfend verdrückte ich mich in eine Ecke, vor dem neuen Krieg, der sich nach dem großen bei uns im Kleinen auftat. Selber hatte ich das Führergesicht auch ohne greifbare Bilder vor Augen. Immer mehr wunderte ich mich darüber, dass niemand merkte, dass der Gefährliche gar nicht tot war, dass er im Gegenteil bei uns sogar gemütlich durchs Dorf spazierte. Hochgewachsen wanderte er herum, ein wenig vierschrötig und bauchig geworden, aber noch immer mit glatt in die Stirn fallenden Strähnen und dem unvermeidlichen Schnauzbart im Gesicht.

»Was ist, wenn er wirklich nicht tot ist und gefunden wird?«, erkundigte ich kleines Mädchen mich bei der Mutter.

»Denk nicht so einen Blödsinn und hör auf, danach zu fragen. Gott sei Dank ist er tot«, bekam ich zu hören.

»Und wenn es doch nicht so ist?«

»Jetzt sei still und gib Ruh!«

»Aber wenn er nicht tot ist?«

»Erschossen würde er auf der Stelle – und völlig zu Recht.«

Erschossen würde er? Da sah ich also einen Mann herumgehen, der seines Lebens nicht sicher war, der in der nächsten Stunde tot sein konnte. Mich beschäftigte das und der Mann an sich. Ich beobachtete ihn. Er stolzierte umher und setzte entschieden seinen Spazierstock in den Sand.

»Wer ist das?«, erkundigte ich mich bei der Mutter auf dem Weg zum Einkaufen, bei dem sie mit dem Fahrrad immer so nahe an den Bach fuhr, dass ich in meiner Vorstellung schon etliche Tode gestorben war. Sie hatte den Mann nicht unfreundlich gegrüßt. »Der Huber Sepp.«

»Was, der Huber Sepp?«

»Der Mann, der die Wirtin geheiratet hat, ist er«, erwiderte die Mutter ungeduldig über meine ewige Fragerei.

»Der Huber Sepp und nicht der Hitler?«

»Was Hitler?«

»Der Mann auf den Büchern, die eingeheizt sind ... Aber vielleicht tut ihm längst alles Leid?«

Die Mutter brach in ein schrilles Gelächter aus und beschrieb den Männern daheim meine Fantasterei. Der Huber Sepp war bereits im Dorf geboren worden.

»Du bist Schuld, weil du immer diese entsetzlichen Bücher herumliegen hast lassen«, warf sie ihrem Mann vor.

Jetzt stritten sich die Eltern schon wieder und diesmal war Krieg wegen Hitler und mir. Aber ich ließ es mir nicht ausreden, dass der Huber Sepp nicht doch als unerkannter Hitler im Dorf herumstreichen konnte.

Endlich hatte der Vater auf dem Sessel stehend den Sender halbwegs rein einstellen können. Von Alliierten war in dem Restrauschen die Rede, von einem Staatsvertrag im Schloss Belvedere, bevor eine raue Stimme in die Stille verkündete: »Österreich ist frei!«

»Also haben sie es doch erreicht«, kommentierte der Großvater.

»Ich hätte es nicht geglaubt«, nickte der Vater dazu. Er stellte das Rädchen zurück und stieg gemächlich vom Stuhl. Die Mutter am Herd wandte sich um, sie sah uns Kinder der Reihe nach an, bevor sie in ihre strenggehütete Kiste griff und ein Paar Eier, die sie normalerweise für ihre Notgroschen verkaufte, in die abendliche Milchsuppe schlug.

»Den Tag müsst ich euch merken«, brannte der Vater uns Kindern ein.

»Warum?« fragte ich. Ich war erst nach dem Krieg geboren und ich wusste schon, dass ich nicht eine Spur freier werden konnte als zuvor. Mich hatten immer nur die Eltern beengt.

»Die Besatzer ziehen ab!«

»Die Besatzer?«, fragte ich ohne eine Vorstellung dazu. Einen Besatz brachte ich bloß mit dem Streifen Stoff in Verbindung, der mir als Aufputz auf Latz und Taschen der Schürzen genäht war.

Der Großvater lachte. »Das Dirndl ist nicht dumm«, meinte er. Die Mutter aber nahm mich entschlossen an der Hand, zog mir das Kleid und die Dirndlbluse über den Kopf und legte mich auf dem Strohsack zur Ruhe, bevor ich weiterfragen konnte.

Aus ein paar der nachfolgenden Dirndlkleider war ich gewachsen, als die ersten Gäste ins Dorf kamen. Leute aus einem Land, das sich uns zuvor einverleibt hatte, kamen jetzt zur Erholung zu uns. Der Huber Sepp spazierte noch immer unbehelligt durchs Dorf, etwas müder geworden, schlenderte er hinter den Fremden auf den neuen Spazierwegen daher.

»Wo kommt ihr denn her?«, fragte mein Vater die Buben, die mit mir auf dem Hof spielten. »Aus Deutschland«, gaben sie ihm bereitwillig Auskunft. Er wiederholte ihre Antwort bedächtig, bevor er in Erinnerung an den erlebten Hunger den Spottgesang anstimmte: »Deutschland, Deutschland über alles, zwei Kartoffeln, das ist alles!«

Entsetzt hielt ich den Atem an, aber die Knaben, die noch dazu Braun hießen, lachten. Sie sprangen auf und liefen zu ihrem Vater zurück.

»Bleibt da«, rief ich ihnen ängstlich nach. Ich wollte die neuen Freunde nicht gleich wieder verlieren. Aber die Burschen ließen sich nicht stoppen. Klein werden sah ich sie vor ihrem Vater und nur zögerlich kamen sie zurück. »Und?«, fragte ich. Dass sie das nicht sagen dürften, hatte ihnen ihr

Vater bloß aufgetragen. Den Umgang mit mir hatte er seinen Söhnen nicht verboten. Weiterhin durften sie kommen, und sie wurden noch wichtig für mich ...

Wiedereröffnung der Wiener Staatsoper.

DR. PETER MITMASSER, WIENER NEUDORF

Dieses dichte Gefühl der Solidarität

Ferne rumort die Artillerie. Man kann am Abend die Blitze der Abschüsse sehen, wenn man zu spät aus der Wohnung in den Keller läuft.

Tagsüber kommen die Tiefflieger. Das Haus, in dem wir wohnen, steht in der Nähe eines strategisch wichtigen Bahnhofes.

Es ist Nacht, die verbliebenen Hausbewohner – Frauen und Kinder, die Männer sind entweder an der Front, anderswo im Kriegseinsatz oder tot – sitzen wieder einmal im Keller, als harte Schläge an die Haustüre donnern. Entsetzen: Die Russen!

Endlich geht meine Mutter, um zu öffnen. Besser, wir machen ihnen auf, bevor sie uns die Tür einschlagen, sagt sie.

Aber es ist deutsches Militär. Frauen und Kinder den Ort räumen, Kampfzone! In einer Stunde holt euch ein LKW, ein Koffer pro Person, nicht mehr.

Was nimmt man mit? Dokumente, Wäsche, Kleidung, ein paar Lebensmittel, Geld, sofern vorhanden. Ein bisschen Schmuck. Wertgegenstände, wie den Fotoapparat.

Oma weint, ich auch, obwohl ich nichts verstehe. Ich bin noch nicht sechs Jahre alt.

Mutter drängt.

Der LKW steht schon da. Nachbarn sitzen bereits auf der Ladefläche. In der Ferne donnert wieder die Artillerie.

Im nächsten Ort mit Bahnanschluss werden wir in einen Zug umgeladen.

Wir sitzen auf unseren Koffern.

Der Zug ruckt an. Fährt. Es dämmert. Alarm, schreit einer. Tiefflieger, alles raus! Wir drängen, stoßen aus dem Zug, Oma fällt hin – auf, in den Wald. Weg vom Zug. Zwei Flieger dröhnen über uns hin. Maschinengewehre rattern. Die Flieger kommen jetzt aus der anderen Richtung, beschießen den Zug nochmals.

Langsam und vorsichtig kommen wir aus dem Wald. Einige Tote liegen da, Verwundete rufen um Hilfe. Einer unserer Koffer ist weg.

Oma blutet, sie hat sich beim Fall verletzt. Mutter zerreißt eine Bluse aus dem verbliebenen Koffer und verbindet sie damit.

Der Zug ruckt an – langsam nur.

Die Nachricht geht herum: Die Lok ist getroffen, weit kommen wir damit nicht.

Hunger, Durst. Im nächsten größeren Ort bringt man uns in einem Jugendlager unter.

Es gibt Brot und Tee und für uns drei ein Bett.

Wiener Neustadt soll schon gefallen sein, hören wir, Gräuel!

Am nächsten Morgen nichts zu essen, kein Wasser, kein Zähneputzen, keine Toilette – alles verstopft.

Aber eine neue Lok. Schnell, schnell, wer mitkommen will, muss sofort los. Wir wollen.

So fahren wir quer durch Österreich. Kommen noch kurz vor der französischen Besetzung des westlichsten Bundeslandes nach Vorarlberg. Sind unwillkommen: Die essen uns nur alles weg.

Die Franzosen marschieren ein und ich sehe meinen ersten Schwarzen: Marokkaner, sagt man. Frauen trauen sich nicht auf die Straße.

Internierungslager, weil wir nicht hierher gehören. Hunger.

Als der Krieg endlich aus ist und sich die Lage normalisiert, lebt die Bürokratie auf. Was wir da wollen? Arbeit. Gibt's nicht! Und zu essen auch nichts.

Als die Post wieder halbwegs funktioniert, schreibt meine Mutter an alle Verwandten. Eine ihrer Schwestern aus dem südlichsten Bundesland antwortet nach Wochen: Wir sollten kommen. Sie hat eine große Wohnung – Mann und Sohn wären noch nicht aus dem Krieg zurück.

Wir versuchen Ausreise aus der französischen und Einreise in die britische Zone.

Bürokratie – englische, französische und österreichische.

Als wir endlich in Kärnten landen, ich erinnere mich gut einer endlosen Fahrt auf der offenen Ladefläche eines englischen Militärlastwagens, werden wir einmal interniert.

Hunger. Wir essen steinharte englische Kekse, die zerstoßen und mit Wasser aufgeschlämmt werden. Oma hat Wassersucht in den Beinen. Der Lagerarzt lacht: Geben Sie ihr was zu essen! Mutter tauscht den Fotoapparat gegen eine Handvoll Lebensmittel.

Schließlich zur Tante. Aber da ist die große Wohnung längst beschlagnahmt, Mann und Sohn sind aus dem Krieg halbwegs heil zurück. Wir ballen uns zu zehnt in zwei Zimmern.

Mutter versucht Arbeit zu kriegen. Ein österreichischer Beamter: Putzen können'S gehen! Sie putzt und bessert Wäsche aus.

Die österreichische Bürokratie ist noch unangenehmer als die englische, sagt sie immer.

Aber sie funktioniert, ich bin schulreif und muss zur Schule. Schulsachen kaum aufzutreiben. Fremdkörper, ich verstehe oft das seltsame Deutsch meiner Schulkameraden kaum. Aber einer teilt täglich seine Jause mit mir.

Tante bekommt einen Brief von meinem Onkel. Aus der US-Zone. Auch er fragt herum, wer noch am Leben ist – ihm ginge es ganz gut.

Meine Mutter fragt, ob wir kommen dürften. Gerne, schreibt er zurück, er würde für uns sorgen können. Sie nimmt den Kampf mit den Behörden wieder auf: Ausreise aus der britischen, Einreise in die US-Zone.

Endlich. Onkel empfängt uns mit Schweinsbraten, Knödel und Kraut. Ich habe noch nie in meinem Leben so gut und viel gegessen.

Auch die Umwelt ist hier nicht so feindlich. Nur der Religionslehrer schikaniert mich. Ich kann keine Fresspakete bringen wie die neuen Schulkameraden mit bäuerlichem Hintergrund. Die US-Soldaten sind freundlich. Ein von ihnen organisiertes Rollerrennen gewinne ich mit geborgtem Roller.

Viel später bin ich dann eifriger Besucher des Amerikahauses, wo ich die ganzen amerikanischen Klassiker wie Hemingway, Steinbeck, Sinclair Lewis, Dreiser usw. in deutscher Übersetzung lese. Zur Leseratte haben mich die Amerikaner erzogen, es war damals das billigste Vergnügen.

Mein Onkel, Techniker, hat einen guten Job und spielt noch abends für die GIs Saxophon.

Mutter arbeitet in einem Büro.

Schön langsam kommen wir wieder ins Gleichgewicht.

Mein Vater bleibt vermisst.

Nach der Volksschule gehe ich ins Gymnasium. Latein macht mir arge Probleme, ein strenger und dennoch unglaublich netter Professor gibt mir und anderen an Latein Leidenden einen ganzen Sommer lang kostenlos Nachhilfe.

Vom Lohn meiner ersten Ferialpraxis kaufe ich ein gebrauchtes Fahrrad.

Politische Bildung gibt's nicht. Wir wissen über Ägypter, Römer, Griechen und Germanen, nichts über die beiden Weltkriege, deren letzteren wir selber miterlebt haben.

Einmal lädt mich eine Tante nach Wien ein. Aufregung. Eigener Reisepass. Und an der Ennsbrücke die Russen.

Im Osten ist das Land viel grauer als bei uns, die Häuser

sind schäbiger, die Straßen schlechter und der Verkehr dünner.

In Wien gibt's noch viele Trümmer, der Dom und die Oper werden gerade wieder aufgebaut.

Viele Russen. Bei uns gibt's kaum noch amerikanische Soldaten.

Trotz vieler Grünflächen ist Wien sehr grau. Ich habe Heimweh nach dem Traunsee.

Jetzt ist viel die Rede vom Staatsvertrag. Vom Abzug aller fremden Soldaten. Sogar in der Schule wird jetzt über die aktuelle politische Entwicklung gesprochen.

Und dann geht's Schlag auf Schlag. Österreich ist frei!, ruft Figl am 15. Mai 1955 aus dem auf Raten gekauften Radio. Oma, Mutter und Onkel jubeln. Die Leute auf der Straße lachen, reden miteinander.

Der letzte Russe verlässt Österreich. Die Zeitungen besprechen ausführlich die neue Verfassung vom 26. Oktober 1955.

Wir sind neutral, nie wieder Krieg, nie wieder Fremdherrschaft.

Viele Kriegsgefangene kommen zurück – mein Vater nicht.

Meine Mutter hat einen Job im Büro eines Hotels und arbeitet oft auch an Wochenenden. Schließlich müssen wir alles neu anschaffen. Wir waren einmal in der alten Wohnung, aber da war nichts mehr. Sogar das Klavier hatte Beine bekommen.

Dann kommt die Eröffnung der wieder aufgebauten Staatsoper. In Ohlsdorf hat ein Wirt einen der ersten Schwarz-Weiß-Fernseher. Onkel hat ein altes Auto, damit fahren wir hin. Sitzen atemlos vor der Mattscheibe, auf der es gelegentlich zuckt und heller oder dunkler wird. Das Lokal ist bis auf den letzten Stehplatz gefüllt, serviert wird nichts, die Kellnerin kommt nicht durch. Es ist ein unglaublicher, mit nichts zu vergleichender Abend. Der Patriotismus schlägt hohe Wellen, alle jubeln über die Staatsoperneröffnung, in der auch vor dem Krieg keiner der Anwesenden gewesen war. »Fidelio« mit Karl Böhm.

In diesem Moment sind die Menschen hier wirklich Brüder, vielen stehen Tränen in den Augen – und sicher nicht wegen des dicken Rauches. Wir sind stolz auf unsere Heimat, auf unsere Politiker, auf uns selber, stolz Österreicher zu sein.

Ich bedauere, nie wieder ein derart kollektives Hochgefühl, derartige Schauer des Patriotismus und dieses dichte Gefühl der Solidarität mit den Mitbürgern, der Freundschaft und des Stolzes auf unsere Heimat erlebt zu haben.

Und das trotz des unleugbaren wirtschaftlichen und sozialen Fortschritts, der vielen Erfolge, der Aufnahme in die UNO und des EU-Beitritts unseres Landes und der persönlichen Entwicklung in den letzten 50 Jahren.

Dieser Abend ist für mich der Wendepunkt. Es geht aufwärts mit der Republik und aufwärts mit mir. Meine weitere Entwicklung verläuft beinahe parallel mit der des Staates.

Matura, erste ordentliche Jobs, erste Karrierestufen, erstes eigenes Auto, erste eigene Wohnung, Familiengründung, Übersiedlung zurück in die alte Heimat, nebenberufliches Studium und wieder willkommen im westlichsten Bundesland, im südlichsten sogar auf Urlaub bei Freunden.

Trotz gelegentlicher Rückschläge, die wir weggesteckt haben, hatten wir, die Republik, wie auch ich selbst, Glück. Wir waren beide strebsam, fleißig, tüchtig und brachten es zu was.

Der Unterschied ist, dass ich, als ich in Pension ging, keine Schulden hatte. Aber die Republik geht ja schließlich auch noch nicht in Pension.

Für ihre weiter Entwicklung wünsche ich ihr, dass ihre Bürger nie wieder in jenen Egoismus, in jene Rücksichtslosigkeit und jene unsolidarische Haltung abgleiten mögen, die wir nach dem Krieg so bitter erleben mussten. Dass ihr kriegerische Auseinandersetzungen erspart bleiben. Und dass es ihr gelingt, ihren Bürgern wieder dieses Gefühl der Zusammengehörigkeit, des »Wir« statt des »Ich«, der Solidarität zu vermitteln, das ich an jenem für mich so denkwürdigen Abend der Fernsehübertragung von der Wiedereröffnung der Staatsoper in einem kleinen Wirtshaus in Ohlsdorf erlebt habe.

Josef Reinbacher, Wien XXI

Die Granate in der Sandkiste

Die Sandkiste im Klassenzimmer erleichterte mir den Übertritt vom Kindergarten in die fünfklassige Volksschule mit acht Schulstufen. Nicht viel größer als ein Küchentisch, enthielt die Sandkiste das Relief unseres Ortes Öblarn im steirischen Ennstal. Obwohl die Kinder einander kannten und wussten, wo alle wohnten, zeigten sie ihren Schulweg auf diesem Plan. Ein neues Haus im Ort wurde durch einen Kieselstein im Plan ergänzt und äscherte ein Großfeuer eine Liegenschaft ein, entfernten wir den betreffenden Stein. Der Herr Pfarrer erklärte anhand dieser Karte die Prozession zu Fronleichnam und zu den Bitttagen.

Am Freitag, dem 13. Mai 1955, zerstörten die Schüler und Schülerinnen der fünften Schulstufe dieses Bild. Sie drangen förmlich in meine Klasse ein und verwüsteten den Ort in der Sandkiste. Die Angreifer räumten alle Gebäude, die Kirche, den Bach mit den Brücken, den Bahnhof mit den Geleisen aus der Kiste. Zum Schluss ebneten sie den Sonnberg, den Schattenberg und den Grimming ein. Aller Protest half nichts. Die Frau Lehrerin erklärte uns: »So schauten weite Gebiete unseres Landes nach dem zweiten Weltkrieg aus. Wir wollen Österreich neu aufbauen und modern gestalten. Übermorgen, Sonntag, nach dem Gottesdienst in unserer Kirche, wird unser Heimatland frei sein.«

Ungläubige Mienen bei uns aus der ersten Klasse – eifriges Tun von den Besatzern. Sie holten aus dem Lehrmittelzimmer die Landkarte von Österreich. Reste der Unkenntlichmachung des Namens Österreichs klebten noch darauf. Mit einem rot-weiß-rotem Band aus Stoff legten die Pioniere die Staatsgrenze in die Sandkiste. Die Buben formten die hohen Berge von Salzburg bis Vorarlberg. Die Mädchen gestalteten die Ausläufer der Ostalpen bis zu den Weinbergen im Wien und die Ebene des Marchfeldes. Blau bemalte Zettel bildeten die Seen und blaue Wollfäden die Flüsse. Grüne Fäden trennten die Bundesländer.

Langsam nahm Österreich Gestalt an. Es wichen unsere Zweifel. Täfelchen nannten die Bundeshauptstadt Wien, die Landeshauptstädte und die größeren Orte unseres Landes. Rote Fäden als Eisbahnstrecken verbanden die Orte miteinander. Ein ganz kurzer weißer Faden reichte von Bayern nach Salzburg. Dieser stellte die Autobahn dar, die 1938 den Anschluss von Österreich an Deutschland brachte.

Jetzt lachten wir sogar. Unsere Kirche stand in Wien, der Musikpavillon in Salzburg, die Schmiede meines Vaters in Linz und das Forstamt des Fürsten in Innsbruck, die Steine verteilten sich auf die anderen Landeshauptstädte. Ich malte das Grimmingtor auf einen Karton und steckte ihn heimlich an jene Stelle, die unser Ort einnehmen sollte. So hatte ich ein Tor zur großen Welt.

Am Montag, dem 16. Mai 1955, versammelten sich alle Schüler und Lehrer um das neue freie Österreich. Der Herr

Direktor lobte die rasche Aufbauarbeit und wiederholte den historischen Ausruf von Leopold Figl: »Österreich ist frei!« Danach sangen wir die Bundeshymne. Seppi aus der dritten Klasse verschloss sich der Festlichkeit. Seine Lehrerin wusste warum! Trotzdem nahm sie ihn in die Mitte. Seppi sah in der äußeren Form von Österreich jene Granate, die er vor zwei Jahren am Schulweg im Bachbett fand und die ihm die rechte Hand zerfetzte, als sie explodierte. Den Armstumpen versuchte er immer zu verstecken, denn die Enden von Elle und Speiche operierte man zu einer Art Gabel. Jetzt fasste er aber allen Mut, hob seinen Arm und zeigte Viktoria: »Nie mehr soll jemand Österreich angreifen. Der, der es auch nur versucht, wird so zerstört werden, wie ich es verspüre!«

Bis zu den Ferien prägte ich mir den Lauf der Enns ein, durch das romantische Gesäuse bis zur Mündung in die Donau, deren Weg in der Wachau bis ins Wiener Becken. Die kühn angelegte Bahnlinie, über den Semmering und bis Wien, faszinierte mich. Als ich nach der Volksschule die Handelsschule in Wien besuchte, fuhr ich mit der Eisenbahn mehrmals im Jahr auf dieser Strecke.

1971 übersiedelte ich aus beruflichen Gründen nach Wien. Vom Büro im sechsten Stock sah ich die Spitze des Stephansturmes. Immer, wenn ich mit meiner Frau über den Stephansplatz spaziere, bin ich versucht ihr die Geschichte der Pfarrkirche von Öblarn für Wien wieder zu erzählen.

Salzachbrücke bei Oberndorf 1955

Otmar Weber, Salzburg

Oh, du mein Österreich!

Rückblick auf das Kriegsende

Es ist das Jahr 1955 und unser Staat ist wieder frei. Ziemlich lange schon war unser Österreich besetzt. Vor nun schon zehn Jahren hörte ich als Dreizehnjähriger die Panzer der Amerikaner in Oberndorf von Laufen her über die Salzachbrücke donnern und erlebte nachhaltigst die Zeit der Kapitulation der deutschen Wehrmacht und der Besetzung durch Soldaten in anderen Uniformen. Beherzte Männer hatten verhindert, dass die bereits angebrachten Sprengladungen gezündet werden konnten. Ein paar ältere deutsche Soldaten der Etappe hatten sich sogleich kampflos ergeben und wurden gerade von ihren letzten Habseligkeiten befreit. Schließlich erfuhren wir erst später, dass es sich bei der berühmten Regenbogendivision der Amerikaner um eine Strafkompanie gehandelt hatte. An einigen der Befreier waren deshalb an beiden Armen eine ganze Reihe von Armbanduhren aufgereiht. Aufgefallen war mir damals auch, dass gleichaltrige Buben aus dem Reich, die kurz vorher noch hierher verschickt worden waren und die noch in den letzten Tagen große Sprüche der Verteidigung mit allen Mitteln geklopft hatten, größte Freude an den neuen Ereignissen zeigten und vor

Vergnügen hüpften, wie sie die bisher als »feindliche Macht« bezeichneten Krieger vorbeiziehen sahen. Einer meiner Onkeln, der ebenfalls mit entsicherter Pistole auf der Brücke gestanden war, um deren Sprengung zu verhindern, weinte dann, als er nach langer Zeit wieder den Marsch im Rundfunk hörte, in dem es hieß: »Oh, du mein Österreich.«

Zeit der Besatzung

War man zwar froh, dass der schreckliche Krieg endlich zu Ende gegangen war, aus dem so viele überhaupt nicht mehr oder erst später und dann oft schwer gezeichnet zurückgekommen waren, so sah man doch auch mit gemischten Gefühlen auf die Besatzer. Die Zeiten waren ja zunächst doch sehr schlecht und die Versorgung der Bevölkerung miserabel. Selbst um Brot musste man sich stundenlang anstellen und da konnte es auch sein, dass alles Warten umsonst war. Den Amis fehlte nichts und auch »Amimädchen« gab es genug. So hörte man oft: »Sieben Jahre haben sie gebraucht, um den deutschen Mann, doch nur sieben Minuten, um die deutsche Frau zu besiegen.« Doch am Land normalisierte sich das Leben ziemlich schnell. Als Bub fiel mir noch auf, dass in der Oberndorfer Trafik einmal ein kleines, primitives Heftchen über Selbstverteidigung mit Judo zu kaufen war, das als Reihe gedacht war. Doch kam kein zweites Heft heraus, denn das war von der Besatzungsmacht verboten worden. Ich konnte damals nicht begreifen, dass so etwas wirklich als Gefahr angesehen werden konnte.

Erfreulich war es für mich, dass ich im Jahr 1946 doch noch mit mehrjähriger Verspätung in Salzburg in die dritte Klasse Gymnasium gehen konnte. Dabei waren doch drei Jahre Latein und ein Jahr Griechisch in einem Jahr zu bewältigen. Im Internat des Borromäums in Parsch fehlten teilweise die Glasscheiben in den Fenstern und waren durch Pappe ersetzt. Viele Glühbirnen fehlten überhaupt. Angeblich machten sich die Amis einen Spaß daraus, besonders in den Schlafsälen abends und kurz, bevor sie das Haus wieder räumten, diesen Glühbirnen einfach mit Pistolenschüssen den Garaus zu machen. Die Bibliothek des zuvor in diesem Gebäude befindlich gewesenen Reichsnährstandes war geplündert worden und die spärlichen Reste lagen zerfetzt und durchnässt im Hinterhof. Die größeren und kompakteren Bucheinschläge konnten wir noch als provisorische Mappen für unsere Lateintexte verwerten, die mit mehrfachen Durchschlägen auf Schreibmaschine angefertigt worden waren. Persönlichen Kontakt hatten wir mit den Besatzungssoldaten in Salzburg kaum und wenn, dann waren wir nur daran interessiert, unsere Englischkenntnisse anzuwenden. Geschätzt waren dann später aber die Kleiderspenden, wie Uniformen einer Brauerei in Chicago mit der Aufschrift »FOX DE LUXE BEER« und eine Aufbesserung der Verpflegung in Form von gelbem Käse.

Beeindruckend waren die schwarzen Angehörigen der Army, kräftige, vor Gesundheit strotzende Kerle, die uns aber nie unangenehm aufgefallen sind. In Erinnerung ist mir auch noch ein eher kleiner Hawaianer, der in unserem nun wieder bestehenden Judoklub mitmachte und durch seine Wendigkeit und Geschicklichkeit auffiel. Ansonsten war das amerikanische Heer wenig beeindruckend. Bei einer gelegentlichen Parade am Mozartplatz vor dem Headquarter sah man die amerikanischen Soldaten bei einsetzendem Nieselregen gemütlich dahintraben, wobei sie sich auch noch teilweise in ihre Fahnen eingewickelt hatten. Mehr Eindruck dürften jedoch die Bauten der Amerikaner in Salzburg gemacht haben. Die entstandenen Wohnungen in der General-Keyes-Straße mit dem Kaufgeschäft PX für die amerikanischen Soldaten mit ihren Angehörigen und Angestellten sowie die umfangreichen Kasernenbauten in Siezenheim. Hier mussten viele Einheimische ihre besten Gründe zur Verfügung stellen. Manche konnten das schwer verwinden, doch sind diese kaum noch am Leben.

Der Staatsvertrag vom 15. Mai 1955

Die Besatzung wurde wohl von den meisten Österreichern mit gemischten Gefühlen gesehen, doch waren sie sich in den westlichen Bundesländern klar, dass sie im Gegensatz zu den von den Russen besetzten Gebieten weit besser daran waren. Raab und Figl setzten in Wien alles daran, um ein Ende dieses doch unnatürlichen Zustandes herbeizuführen. Diesen beiden Männern gelang es vor allem, den insgesamt vier Besatzungsmächten (Amerikaner, Engländer, Franzosen und Russen) klarzumachen, dass es bei den längst spürbar gewordenen Gegensätzen zwischen West und Ost – Stichwort »Kalter Krieg« – weit günstiger sei, einen neutralen Staat dazwischen zu haben. So unterzeichneten am 15. Mai 1955 die Außenminister der Signatarmächte im Schloss Belvedere in Wien den Vertrag zur Wiederherstellung eines unabhängigen und demokratischen Österreich. Der Vertrag trat am 27. Juli 1955 in Kraft und schon am 26. Oktober 1955 folgte das Bundesverfassungsgesetz über die Neutralität Österreichs. Auch die Bevölkerung im Salzburger Land, die in der Zwischenzeit viel Unangenehmes erleben hatte müssen, hat sich nach einem Ende dieser Zeit gesehnt und trauerte ihr nicht nach. Hatten doch viele zunächst ihre Wohnungen verlassen und in Baracken hausen müssen, um für die Besatzer Platz zu machen. In den Häusern der ehemaligen Volkswohnsiedlung in Liefering konnte man beispielsweise noch lange die Aufschrift »Off limits« – Zutritt verboten – auf manchen Haustüren lesen, um den Straßenstrich mit amerikanischen Soldaten ein wenig in den Griff bekommen zu können. Nach einer Wasserknappheit in der Stadt Salzburg konnte man in den Stiegenhäusern lesen: »nehmen nur was du brauchen« – als wörtliche Übersetzung des englischen »take only what you need«. Doch in allen möglichen wichtigen Fragen des täglichen Lebens hatten auch die Besatzungsbehörden mitzureden, mitzubestimmen und vor allem ihre Kontrollbefugnisse, die auch dementsprechend genutzt worden sind. Die Hoffnung, dass es in einem freien Österreich wieder zu besseren Lebensbedingungen kommen werde, war deshalb groß.

Als Maturant des Jahrganges 1952 war es mir zunächst wegen der Aufnahmesperre unmöglich, in den Staatsdienst eintreten zu können. Nach einigen Jahren in der Privatwirtschaft bot sich nun aber wieder die Gelegenheit, beim Amt der Salzburger Landesregierung auch ohne Parteienbindung unterzukommen. Die letzten Besatzungstruppen hatten bis zum Oktober 1955 das viergeteilte Österreich verlassen, wie es im Staatsvertrag vorgesehen war. Die Jahre des Wiederaufbaues waren noch lange nicht abgeschlossen. Bund, Land und Gemeinden mühten sich, den Wohnungsbau anzukurbeln. Neben den Wohnbauförderungsprogrammen des Bundes und des Landes kam besonders dem Wiederaufbaufonds mit den zinsenlosen Krediten auf hundert Jahre eine große Bedeutung zu. Doch waren viele der Geschädigten bei den schweren Bombenangriffen auf Salzburg auch selbst dabei ums Leben gekommen. Wohnbaugenossenschaften ergriffen deshalb jetzt gerne die gebotene Möglichkeit, an die nicht verbrauchten Gelder heranzukommen und schufen mit dem intern geprägten Begriff der sogenannten »Bombenmasken« viele Wohnungen. Zerstörte Wohnungen in der Stadt, die nicht mehr von den Betroffenen aufgebaut werden konnten, lieferten also nur die Berechtigung für neu zu errichtende

Wohngebäude an anderen Stellen. So wurden beispielsweise die sogenannte »Punkthäuser« in der seit 1954 geschaffenen Satellitenstadt Taxham mit solchen Mitteln errichtet, wie dies auch an diesen Hochhäusern an der Guritzerstrasse vermerkt ist.

Wirtschaftliche Folgen nach dem Ende der Besatzungszeit

In der Wirtschaftsabteilung des Landes hegten leitende Angestellte die Befürchtung, dass der Abzug der Besatzungsmacht fühlbare Auswirkungen auf die Wirtschaft haben werde. Einer prophezeite, dass besonders der Bierverbrauch stark zurückgehen werde, gingen doch die Amis ganz gerne ins Bräustübel, um genüsslich dem geschätzten Nass zuzusprechen. Die Befürchtungen waren jedoch umsonst, denn die Salzburger mit ihren Gästen wogen das entstandene Manko locker auf. Im Gegenteil florierte die Wirtschaft allgemein so stark, dass man fast froh war, wenn zeitweise eine kurze Phase der Konsolidierung eintrat. Die Bauwirtschaft hatte mehr als genug zu tun, um den Wohnungsfehlbestand zu bekämpfen. Noch immer gab es ja eine Menge Baracken, in denen Menschen unter unzumutbaren Verhältnissen leben mussten. Für die Industrie und das Gewerbe gab es die so unübertrefflich günstige Zusammensetzung von Klein- und Mittelbetrieben, so dass vorübergehende Schwierigkeiten in machen Wirtschaftszweigen keine fühlbaren Auswirkungen zeitigen konnten. Bei den verhältnismäßig geringen Arbeitslosenzahlen wurde aus parteipolitischen Interessen sogar noch gemogelt, zählte man doch sogar Arbeitssuchende, die meist ja noch in bestehenden Arbeitsverhältnissen waren, zu den Arbeitslosen. Das wäre heute sicher nicht mehr möglich. Stark gestiegen sind damals freilich auch die Verbraucherpreise.

Persönliche Beobachtungen

Was sich da so allgemein tat, blieb natürlich den wenigsten verborgen. Doch sieht immer jeder einzelne seine Umgebung aus einem ganz bestimmten Blickwinkel, der sich niemals mit dem eines anderen decken kann. So hatte ich am 2. Juli 1956 meinen Dienst beim Amte der Salzburger Landesregierung, in der Abteilung X, Wohnbauförderung und Wirtschaft, antreten können. Die Amträumlichkeiten befanden sich damals am Mozartplatz Nr. 8, also genau in dem Gebäude, in dem während der Besatzungszeit das amerikanische Headquarter untergebracht war. Sogar einen Bediensteten lernte ich dort kennen, den das Amt sozusagen von den Amerikanern geerbt hatte. Es war ein Volksdeutscher aus Rumänien, der zunächst als Hilfskraft bei der Besatzungsmacht Wachtdienste schob und dann eben beim Hauptquartier eine Anstellung fand. Kurze Zeit hatte ich das zweifelhafte Vergnügen, mit ihm, nun auch einem Landesbediensteten, mein Arbeitszimmer teilen zu müssen. Er war ein Kettenraucher, pofelte also ununterbrochen und hatte zunächst seine Füße auf dem Schreibtisch, was er sich allerdings nun abgewöhnen musste. Da ist mir auch aufgefallen, dass die Zimmertür ursprünglich in der Mitte der Breite nach durchgesägt gewesen war, nun aber wieder als ein Stück zu gebrauchen war. Auf meine Frage hin erklärte mir mein Zimmergenosse, von dem ich eigentlich nie recht wusste, welche Arbeit er eigentlich zu machen hatte, dass zur Zeit der Amerikaner der untere Teil der Tür während der »Arbeitszeit« immer geschlossen und auch der obere Teil verriegelt war. Dieser konnte jedoch bei Bedarf, wenn also jemand mit den Zimmergenossen sprechen wollte, geöffnet werden. Wahrscheinlich musst man da zuvor die Beine vom Tisch nehmen und den Weg zur Tür hin in Kauf nehmen. Solche Zustände waren natürlich beim neuen Arbeitgeber nicht mehr möglich.

Staatsvertrag und Ungarnaufstand

Hinzuweisen ist auch auf den Aufstand der Ungarn im Oktober 1956. Nach der Niederschlagung dieser Erhebung durch russische Panzertruppen, kamen rund 200.000 meist jüngere Ungarn nach Österreich. Der ein Jahr zuvor geschlossene Staatsvertrag ermöglichte die teilweise zumindest vorübergehende Aufnahme der Flüchtlinge. Wer weiter nach Amerika oder Australien ziehen wollte, musste sich strengen Untersuchungen gesundheitlicher Art und fachlicher Fähigkeiten unterwerfen, denn in diesen Aufnahmeländern galten strenge Bestimmungen. Für Salzburg war das große Auffanglager in der nunmehrigen Schwarzenbergkaserne vorgesehen, in der nach dem Abzug der Amerikaner noch genügend leere Räumlichkeiten zur Verfügung standen. Als junger Beamter wurde auch ich dort in einem Block eingesetzt, um dafür zu sorgen, dass dort alles in geregelten Bahnen ablief, was oft gar nicht so leicht war. Mit Hilfe von Dolmetschern war aber bald ein gutes Einvernehmen mit den Flüchtlingen hergestellt. Große Probleme gab es zunächst nur mit den sanitären Anlagen, die schnell überfordert waren. Doch auch diese konnte man dank kräftiger Mithilfe einsichtiger Leute bald in den Griff bekommen. Leider waren nach der Öffnung der ungarischen Gefängnisse auch einige kriminelle Elemente mit herüber geflüchtet, doch konnten diese bald wieder dinghaft und repatriiert werden. Insgesamt hatte Österreich hier eine ganz wichtige Rolle zu spielen, die bei den Betroffenen und in der übrigen freien Welt auch dankbar anerkannt worden ist. Ohne die wiedererlangte Unabhängigkeit wäre diese jedenfalls nicht denkbar gewesen.

Weitere Erinnerungen an die Besatzungszeit

Nach weiteren Jahren der Freiheit in Österreich kam es 1962

in Salzburg zur Wiedererrichtung der Universität. Durch die damals bereits eingeführte Gleitzeit beim Amte und die Ansetzung der wichtigsten Vorlesungen in den späten Abendstunden war es mir möglich, auch zu inskribieren. Der Weg vom Mozartplatz bis zum Wallistrakt war so kurz, dass der Besuch von Vorlesungen *cum tempore*, also mit dem akademischen Viertel, möglich war. Ein älterer Kollege in der Schulabteilung einen Stock höher besuchte die selben Vorlesungen. Kein Mensch dachte mehr an die ehemalige Funktion unseres Amtsgebäudes als Hauptquartier der Amerikaner. Nur an der Kaiseite an der alten Stadtmauer war immer noch der Regenbogen als Zeichen der in Salzburg einquartierten Division zu sehen. Meist trafen wir uns nach Dienstschluss im Stiegenhaus, doch ab und zu lief ich auch die paar Stufen empor, um meinen Kollegen abzuholen. Da fiel mir immer auf, dass in dem Zimmer, in dem er arbeitet, die Wände dick mit Dämmplatten belegt waren. Noch auffallender war aber an der Fensterwand ein daran angebrachter Eisenring. Auf meine Frage, ob man da etwa Stiere anzubinden gedächte, erfuhr ich zu meinem Staunen, dass es sich hier um ein Verhörzimmer der Besatzer gehandelt habe. An die Ringe wurden die zu Verhörenden angebunden, während die Isolierung verhindern sollte, dass man die Schreie, mit denen man rechnen musste, auf den Mozartplatz hinaushören konnte. Wer allerdings solch peinlicher Verhöre unterzogen worden ist, konnte ich nicht mehr in Erfahrung bringen. Jedenfalls machte sich zunächst niemand die Mühe, diese Reste der Besatzungszeit zu beseitigen, so dass sie auch nach Jahren noch zu sehen waren.

Fünfzig Jahre danach

Ein halbes Jahrhundert ist nun seit dem Staatsvertrag vergangen.

Möge es doch gelingen, in einem geeinten Europa zu einer ehrlichen Zusammenarbeit zu kommen. Helfen wir den Schwächeren, schauen wir auf gerechte Behandlung unserer Mitmenschen auch in den Nachbarländern. Mögen kluge und aufrechte Politiker für eine gedeihliche Entwicklung des Gemeinwesens unter Rückstellung eigennütziger Vorteile sorgen, dann können wir auch auf ein glücklicheres Europa und vielleicht sogar auf eine glücklichere Welt hoffen.

Karl Zankl, Salzburg

Volk und Vaterland???

Ich bin am 19. April 1942 um 3:45 Uhr in Wels/Oberösterreich im Kriegsgewirr geboren. Am 18. April 1942 um 16:30 Uhr, erzählte mir meist unter Tränen sehr oft meine Mutter, erhielt sie die Todesnachricht vom Gauleiter mit zackigem »Heil Hitler!«: »Herr Franz Zankl ist *für Volk und Vaterland* in Russland gefallen!« Auf Grund dieser Meldung erblickte ich als 7-Monatskind das Licht der Welt und habe meinen Vater nie gesehen. Es existiert nur ein gestelltes Foto, wo die gesamte Familie drauf ist; auch meine um zwei Jahre ältere Schwester und eben mein leiblicher Vater sind hineinkopiert.

Nach zwei Monaten bekam ich am kleinen Körper 48 Abszesse und schrie Tag und Nacht. Bei jedem Fliegerangriff bzw. bei jeder Flucht in den Luftschutzkeller war ich weggetreten und mir wurde das immer mitgenommene Sterbekerzerl in das Händchen gedrückt und alle haben gebetet. Nach dem Angriff begann ich wieder zu schreien. Nach sechs oder sieben Wochen kam auf Rufen meiner Mutter wieder der damalige Hausarzt Dr. Matusch und der gab folgendes meiner Mutter auf die Frage, ob er mir noch helfen könne, zur Antwort: »Nein.« Sie solle ihn wieder anrufen, wenn sie einen Sterbeschein für mich brauche. Man benötigt sicherlich nicht viel Fantasie, was in Herz und Seele meiner Mutter vorging. Vier Monate vorher der geliebte Gatte und Vater von zwei Kinder im sinnlosen Krieg *für Volk und Vaterland* gefallen. Mit dieser zynischen Meldung stand meine Mutter mit zwei Kindern alleine da – mit einer monatlichen Rente von 150 Schilling, davon 40 Schilling für die Miete einer 38 m^2 Wohnung ohne Bad; nur Küche und Schlafzimmer, Brunnen im Hof und Waschküche, sowie Klo im Gang für zwei Parteien.

Durch eine Kräuterhexe wurde ich mit Käsepappel-Bädern (im Holzschaff) und einer schwarzen stark riechenden Salbe, heute »Ichtolan« genannt, geheilt; nur ein Abszess musste aufgeschnitten werden. Damals glaubte man noch an ein Wunder, sogar Dr. Matusch hatte keine fundierte Antwort bezüglich meiner Heilung.

Meine Oma, die im selben Haushalt wohnte und bereits im Ersten Weltkrieg ihren Mann verloren hatte, war sicher von diesem Ereignis auf die übertriebene gläubige Seite verschlagen worden. Dies war die leibliche Mutter von meiner. Die Mutter vom Vater war schon vor lauter Herzeleid verstorben. Sie hatte im Zweiten Weltkrieg von 14 Söhnen und zwei Töchtern die Söhne bis auf drei im Krieg verloren. Auch die Großmutter mütterlicherseits hatte zwei Söhne und zwei Töchter; davon hat sie einen Sohn im Zweiten Weltkrieg verloren. Insgesamt 12 Söhne haben diese Beiden *für Volk und Vaterland* geboren. (Ich hoffe, Sie verstehen, dass ich diesen Worten, *Volk und Vaterland*, nur Hassgefühle entgegen setzen kann und dies sicher bis zu meinem Tode.)

Auch meine Oma hasste mich bis zu ihrem Tode, weil sie durch ihre übertriebene Gläubigkeit behauptete, durch diese Heilung durch eine Kräuterhexe sei ihr Enkelsohn vom Teufel besessen. Ich kann mich noch erinnern, dass sie keinen Tag verstreichen ließ, ohne mir die Lieblosigkeit zu zeigen, meist durch Ohrfeigen oder Prügelstrafen. Sie war da sehr ideenreich. Es waren ihr alle Mittel recht. Es stand auch des Öfteren Straffasten auf dem Programm.

Diese Geschichte habe ich nur zur Einstimmung auf meine persönliche Einstellung zur Freiheit von Österreich geschrieben und dies nach mündlicher Überlieferung. Es möge auch der Leser dieser Vorgeschichte, hoffe ich, mir Glauben schenken, wenn ich sage, ich werde nie einen Stein auf einen anderen werfen, geschweige denn, eine Waffe gegen einen anderen richten, nur weil ein machtgeiler Politiker mir einreden möchte, es wäre zum Wohle für *Volk und Vaterland*. Dann wäre ich stolz, als Vaterlandsverräter vor diesen zu flüchten.

Im sechsten Lebensjahr begann ich in Wels-Lichtenegg die Volksschule.

Sicherlich durch die vorhergehende Kinderstube als schwieriges Kind einzustufen, hatte ich nur das Glück, dass meine Schwester ein sehr pflegeleichtes Kind war. Daher glaubten die Lehrpersonen auch, ich wäre gleich, kamen aber bald darauf, dass es nicht so war. Ich war eher etwas kompliziert, war alles andere als ein sinnloser Befehlsempfänger, sondern war eher ein »kleiner Rebell«. Dies brachte mir natürlich auch nicht die Betragensnote, die sich Mama gewünscht hätte, ein. Und auch mit der Religionsnote konnte ich die Wünsche meiner Oma nicht befriedigen.

Ja, in Wels war die amerikanische Besatzung mit allen Vor- und Nachteilen. Vorteil: Ich war ein blonder Jüngling, bereits ab dem fünften Lebensjahr sehr kontaktfreudig mit den schwarzen und den weißen Amerikanern. So verbrachte ich die meiste Zeit am Flughafen in Wels und brachte alles nur Erdenkliche, meist von einigen schwarzen oder weißen Amerikanern im Jeep begleitet, nach Hause: Kekse, Schokolade, Käse, Dosen mit Brot, Erdnussbutter, Kaugummi, Cola und auch Zigaretten. Meinen ersten Rauchversuch mit Chesterfield machte ich mit sechs Jahren. Auch mit Whiskey machte ich Bekanntschaft. Die Folgen behalte ich lieber für mich ...

Ja, das war damals eben auch der kleine Nachteil, dass durch die Kinderliebe der Amerikaner, die ja auch zumeist Väter weitab von ihren Familien waren, diese beim Beschenken keine Grenzen kannten. Kurz und gut, ich trug schon sehr jung dazu bei, dass es meiner Familie gut ging, denn die Zigaretten und den Whiskey tauschte ich meist mit meinen Onkeln und Tanten gegen Fleisch und Speck oder Gemüse ein. Kurzum, der Schleichhandel blühte bei mir im Kindesalter von sechs bis zwölf Jahren.

Nun auf einmal hörte man in der Schule von Männern wie Leopold Figl oder Julius Raab. Unter vorgehaltener Hand sprachen die Erwachsenen von einem sehr trinkfreudigen

Minister. Schnell begriff ich, wer damit gemeint war! Und dieser wird es auch mit seiner Trinkfestigkeit schaffen, dass Österreich frei wird.

Im gleichen Atemzug hörte ich aber auch, dass dann die Amerikaner aus unserem Land verschwinden, abziehen müssen. Da ging in meinem Kopf nur ein Gedanke herum: Wenn keine Amerikaner mehr hier sind, also nach Hause für immer abziehen müssen, von wo bekomme ich dann Kekse, Schokolade, Erdnussbutter, Käse, Whiskey, Zigaretten usw., die ich ja brauchte zum Tauschen für meine Onkeln und Tanten.

Von da an habe ich mir nur eines gewünscht: »Hoffentlich gelingt es diesen Männer ja nicht bald diesen Staatsvertrag zu erreichen.« Mit diesen Gedanken schlief ich ein und wachte auf. In der Schule hatten sie mich auch begleitet. Aber trotz allem Wunschdenken erfüllten sie sich nicht.

So bekomme ich heute noch die Gänsehaut, wenn sie im TV zeigen, wie Leopold Figl auf den Balkon in Wien vors Volk tritt und sagt: »Österreich ist frei!«, woraufhin tausende Menschen jubeln.

Mit diesen drei Worten waren alle meine Kinderträume und Zukunftsträume zerschlagen. Ich wollte doch perfekt Englisch lernen und dann Hubschrauberpilot oder Kampfflieger werden oder Schiffskapitän auf einem riesigen Flugzeugträger. Nun war alles mit diesen drei Worten vorbei!

Der Tag rückte immer näher, an dem die Amis abziehen mussten. Ich schreibe bewusst »Amis«, weil ich auch damals das Wort *Streitkräfte* nicht verstanden habe.

Wir in der Schule wurden gezwungen, rot-weiß-rote Fähnchen zu basteln. Dies hatte ich noch über mich ergehen lassen, doch als dann die Frau Lehrerin befahl, wir müssten uns mit den selbstgebastelten Fähnchen auf der Salzburger Straße postieren und damit der vorbeifahrenden Kolonne Amis und Schwarzer zum Abschied winken und dies mit glücklichem Gesichtsausdruck, da ging es dem kleinen Karli zu weit und er verstand die Welt nicht mehr. So streikte er ganz einfach, verweigerte den Gehorsam und erntete dafür in Betragen die Note 3, was natürlich beim Zeugnisvorzeigen zu Hause eine Tracht Prügel bedeutete.

Es kam auch noch eine Strafverschärfung, weil ich diesen Streik nicht alleine machte, sondern einen Schulfreund von dieser blödsinnigen Aktion überzeugte. Beide also streikten wir. Wir stellten uns nicht dazu, sondern blieben zu Hause. Als Strafe bekamen wir, zusätzlich zu den Prügeln daheim, eine Woche jeden Tag eine Stunde Nachsitzen und mussten dabei 100 Mal schreiben: »Man hat nicht unerlaubt von der Klasse fern zu bleiben!«

So habe ich diese Staatsvertragsunterzeichnung bis heute in Erinnerung: Betragensnote 3, zweimal eine gehörige Tracht Prügel, eine Woche um eine Stunde länger Schule und Verfall meines Zukunftsplanes.

Von der Zeit danach ist mir nur noch in Erinnerung, dass meine Schwester und ich Schlüsselkinder wurden, da meine Mutter bei den umliegenden Bauern, weil sie keinen Beruf hatte erlernen dürfen, hart arbeiten musste, um die hungrigen Kindermäuler zu stopfen. Der Lohn für ihre Arbeit war meist Gemüse, Brot und ab und zu Fleisch; alles das, was früher ich mit den Ami-Zigaretten und dem Whiskey eingetauscht hatte.

Wenn man jedoch heute die Berichte aus den USA hört, kann ich mich mit dieser damaligen Entscheidung glücklich schätzen.

Wenn ich mir denke, wäre es so verlaufen, wie ich mir als Kind meine Zukunft vorgestellt habe – Pilot oder Schiffskapitän und ein Leben in den USA – dann kann ich nicht mit Sicherheit sagen, ob ich dort die Pension erlebt hätte.

So bin ich heute noch immer ein kleiner Rebell und mit soviel nicht einverstanden, was sich so manche Politiker mit dem Volk erlauben!

Daher bin ich mit meinen 640 Euro Pension zwar nicht glücklich, habe aber dank meiner Kindheit und Jugendzeit gelernt, dass man eben nicht alles haben kann. Und vor allem habe ich gelernt, mit minimalen Mitteln zu wirtschaften.

Nur einem Grundsatz bleibe ich bis zu meinem Tode treu: Alles was Machtgehabe, Waffengebrauch jeder Art angeht, lehne ich ohne Wenn und Aber ab; auch über die »Verteidigung meines Vaterlandes« würde kein Politiker mich zum Griff nach einer Waffe bewegen können.

Burgtheater-Eröffnung mit »König Ottokars Glück und Ende«.

Elfriede Gross, Kaumberg

Es ist ein gutes Land ...

Geprägt von Elternhaus und Schule habe ich als 15-jährige die Unterzeichnung des Staatsvertrages als besonderes Ereignis erlebt. Die Freude war groß, die Häuser fast ausnahmslos mit rotweißroten Fahnen geschmückt. Endlich war der schreckliche Krieg, die schwere Nachkriegszeit vorbei.

Mein Vater, Beamter im Bundeskanzleramt, für den Ablauf von Staatsakten zuständig, durfte im Belvedere anwesend sein, als Außenminister Leopold Figl die bedeutungsvollen Worte »Österreich ist frei« sprach.

Für ihn war dieses Ereignis besonders ergreifend, weil er unter dem NS-Regime enorm gelitten hat. Im Oktober 1944 wurde er in unserer Wohnung von der Gestapo verhaftet – bis heute verabscheue ich lange schwarze Ledermäntel. Meine Mutter, mit meiner kleinen Schwester am Arm, flüsterte mir zu: »Gott sei Dank, haben sie uns nicht gleich erschossen.« Die Angst, die ich damals empfunden habe, ist mir bis heute geblieben. Viel später erst erfuhr ich den Grund seiner Verhaftung.

An einem verregneten Sonntag ging mein Vater zur Kirche, um Orgel zu spielen. Ein »lieber« Nachbar hat ihn angezeigt, weil er über der Uniform einen Regenmantel trug. Er hätte die Uniform »beschmutzt«. Sein Erschießungstermin stand bereits fest und er wurde einem Offizier vorgeführt (wenn er das erzählte, standen ihm Schweißperlen auf der Stirn), der ihn kannte und natürlich erstaunt fragte, was er denn angestellt habe. »Du kennst mich ja, ich bin ein ‚Verkehrter'«, war seine Antwort. Darauf zeriss der Offizier das Todesurteil. Solange mein Vater (er starb 1990) am Sonntag Orgel spielte, präludierte er die Bundeshymne. Ich wusste warum.

Für mich persönlich ist die Unterzeichung des Staatsvertrages mit einem anderen Ereignis verbunden. Ich durfte bei der Wiedereröffnung des Burgtheaters und der Staatsoper dabei sein. So ganz habe ich damals die Bedeutung nicht erfasst, doch haben die Atmosphäre, die Reden, die feierliche Musik auf mich einen ungeheuren Eindruck gemacht.

Im Burgtheater wurde Grillparzers »König Ottokars Glück und Ende« zur Aufführung gebracht. Man hätte kein passenderes Stück wählen können, werden doch Verse gesprochen, die unsere Heimat liebevoll beschreiben:

Es ist ein gutes Land ... Inmitten
Dem Kind Italien und dem Manne Deutschland,
Liegst du, ein wangenroter Jüngling, da:
Erhalte Gott dir deinen Jugendsinn,
Und mache gut, was andere verdarben!

Am 5. November 1955 fand der Staatsakt aus Anlass der Wiedereröffnung der Wiener Staatsoper statt. Da ich natürlich die Bilder der zerbombten Oper kannte, war der Anblick des strahlenden Zuschauerraumes überwältigend. Die Programme habe ich sorgfältig aufbewahrt und sie des Öfteren hervorgeholt und mich an die bewegenden Ereignisse erinnert.

Die Liebe zu unserer Heimat wurde auch in der Schule grundgelegt. Wir gestalteten einen großen Wandteppich, der bei allen festlichen Anlässen den Hintergrund der Schulbühne schmückte. Ein besonderes Anliegen unseres Direktors war, den Schülern begreiflich zu machen, wie wertvoll die Freiheit eines Landes ist, was Toleranz, friedliches Zusammenleben, Weitblick und Heimatliebe bedeuten.

Die ursprüngliche Euphorie und Jubelstimmung verebbte in relativ kurzer Zeit. Das Thema einer Deutsch-Schularbeit lautete: »Warum waren so erschreckend wenig Häuser anlässlich des Jahrestages der Unterzeichnung des Staatsvertrages beflaggt?«

BUNDESKANZLERAMT
SEKRETARIAT DES BUNDESKANZLERS
Dr. Ludwig Steiner

WIEN, am 25. November 1955
I, BALLHAUSPLATZ 2
Sk/Sti

Lieber Fritz !

Der Herr Bundeskanzler hat sich bei seinem Besuch in Leoben über die herzliche Begrüßung, an der auch Du teilgenommen hast, sehr gefreut.

Er hat mich beauftragt, Dir zur Erinnerung an Deine Aufmerksamkeit beigeschlossenes mit seiner Unterschrift versehenes Foto sowie Süßigkeiten zu übermitteln.

Beilagen

Mit herzlichen Grüßen

Steiner

Wir begrüßen Bundeskanzler Julius Raab mit Gedicht und Blumenstrauß.

Fritz Dobrowsky, Radentheim

Der Empfang des Bundeskanzlers Julius Raab

Als der für Österreich so wichtige und zukunftsweisende Staatsvertrag im Mai 1955 unterzeichnet wurde, war ich neun Jahre alt und besuchte die Volksschule in Donawitz. Unsere Lehrerin bemühte sich sehr, den Kindern die Bedeutung des Staatsvertrages und somit die endgültige Befreiung Österreichs nach dem Zweiten Weltkrieg zu vermitteln.

Eines Tages nach Abschluss des Staatsvertrages wurde darüber gesprochen, dass der Bundeskanzler Julius Raab im Nachfeld daran im Oktober 1955 die Montanstadt Leoben besuchen werde und es wurden zwei Schulkinder für die Begrüßung gesucht. Bei den Knaben fiel die Wahl auf mich und zwar deshalb, weil ich das Glück hatte, einen Steireranzug zu besitzen. Diesen hatte ich von einem Jüngling aus unserer Verwandtschaft, der dem guten Kleidungsstück entwachsen war, übernommen. Die ausgewählte Schülerin aus der Mädchenschule hatte ein Dirndlkleid und so gaben wir ein nettes steirisches Pärchen ab.

Ich war sehr stolz darauf, ausgewählt worden zu sein, gleichzeitig aber auch ziemlich aufgeregt, den Herrn Bundeskanzler begrüßen zu dürfen. In der Schule lernten wir einen Begrüßungsvers und übten öfter. Meine Mutter sorgte dafür, dass die Bügelfalten beim Steireranzug korrekt saßen.

Auch meine Großeltern waren angereist und ich bekam von allen Seiten Hinweise auf die Wichtigkeit des Staatsvertrages. Weiter musste ich mir unzählige wohlgemeinte Ratschläge anhören, wie ich mich verhalten und benehmen solle. Die Nervosität stieg zunehmend und in der Nacht zum 30. Oktober konnte ich kaum schlafen. Am Tag des Geschehens war ich schon früh auf, das Frühstück brachte ich nur mit Mühe hinunter. Ich schlüpfte in den Steireranzug und meine Mutter begleitete mich zum Hauptplatz, an welchem sich das alte Rathaus befand. Dort wartete schon die Schuldirektorin. Sie übernahm das Mädchen und mich, gab letzte Anweisungen und der Text wurde mehrmals geübt. Da noch einige Zeit verblieb, gingen wir in der Rathauspassage auf und ab. Meine Nervosität war sehr groß.

Allmählich fand sich das Leobener Begrüßungskomitee ein, angeführt von Herrn Heindler, dem Bürgermeister von Leoben. Meine Partnerin bekam noch einen Blumenstrauß, den sie dem Bundeskanzler zu überreichen hatte. Endlich kam der Konvoi mit den Ehrengästen, allen voran der Herr Bundeskanzler. Der Landeshauptmann der Steiermark, Herr Krainer, war ebenfalls gekommen.

Nun waren wir für kurze Zeit im Mittelpunkt des Geschehens. Der Herr Bundeskanzler wirkte auf uns sehr beruhigend und so gelang es uns, das Sprüchlein fehlerlos aufzusagen und die Blumen wurden übergeben. Damit war unsere

Aufgabe erfüllt und wir waren glücklich, dass dieser kurze, für uns jedoch endlos scheinende Auftritt gut verlaufen ist. Für uns war das ein großer Augenblick.

Als Belohnung wurden wir vom Bürgermeister persönlich in ein Kaffeehaus zu Kuchen und Kakao eingeladen. Wir waren überglücklich und fühlten uns wie Erwachsene. Ein unvergesslicher Tag, der seinen Ursprung durch den Staatsvertrag genommen hatte.

Letztlich bekam ich zu meiner großen Überraschung von Herrn Dr. Steiner aus dem Bundeskanzleramt einen Brief und eine Bonboniere von Hofbauer, damals eine großartige Spezialität, die von der ganzen Familie in kleinen Dosen genossen wurde.

So hat sich bei mir der Staatsvertrag mit den Ereignissen rundherum sehr eingeprägt und mir ein unvergessliches Erlebnis gebracht.

Volksschule Vasoldsberg.

Feier auf dem Schulhof.

Hilde Mayr, Mödling

»Zehn Jahre bist du alt, geliebtes Österreich!«

Ich war gerade vierzehn Jahre alt und besuchte die vierte Klasse der Hauptschule in Pottschach, das ist eine Ortschaft im südlichen Niederösterreich mit ein paar Tausend Einwohnern. Meine Kenntnisse in Geschichte beschränkten sich zu dieser Zeit bis zirka 1860. Ich wusste nicht einmal, dass es noch eine lebende Kaiserin mit Nachkommen gab. Die beiden Weltkriege waren im April 1955 noch nicht durchgenommen worden.

Alles, was ich über Politik wusste, war, dass es eine Sozialistische und ein Volkspartei gab. Vor Wahlen gab es zwischen Vater und Mutter immer einen schweren Zank. Mutter stammte aus einem Bauernhaus und wollte »schwarz« wählen, Vater war Arbeiter und forderte von ihr, dass sie »rot« wählen müsste. Mutter versteckte den Wahlzettel immer im Strumpfband; es gab noch keine Listen, wo man seine gewünschte Partei ankreuzte.

Ich hatte keine Ahnung, worum es dabei wirklich ging, hielt aber ausnahmsweise in diesem Fall zu meiner Mutter, weil ich Zwang nicht ausstehen konnte. Sonst war immer mein Vater der Bevorzugte, denn er war sehr belesen und weit gereist. Diese Reisen erfolgten auf Grund seiner Ausbildung als Tischler – man nannte es damals Walz, Erlebnisse, die einem niemand wegnehmen konnte. Vaters Abneigung gegen Hitler entstammte dieser Zeit, weil er einmal in einem Konzentrationslager war und niemals über seine Erfahrungen dieser Zeit sprechen wollte.

Nun, in jenen Tagen des Jahres 1955 studierten wir für den zehnten Geburtstag unseres neuen Österreichs ein Theaterstück ein. Da ich anscheinend als Schauspielerin nicht wirklich geeignet war, aber für mein Leben gerne auch etwas zu dem Fest beigetragen hätte, durfte ich als Erste vor den Vorhang treten und ein Gedicht aufsagen: »Zehn Jahre bist du alt, geliebtes Österreich!« Leider ist der Text aus meinem Gedächtnis entschwunden, aber auch heute denke ich noch oft daran, wie ich dieses Gedicht in die Zuschauermenge hineinrief.

Wir waren damals, wie so viele andere auch, sehr arm, doch oft hatte ich das Gefühl, ich sei die Ärmste in meiner Klasse. Ich hätte so gerne schöne Kleider gehabt, ein Wunsch, der nur ganz selten erfüllt wurde. Aber zum Anlass der 10-Jahr-Feier bekam ich ein neues Kleid. Und was für eines! Es war rot mit weißem Muster, und dazu konnte man eine weiße Dirndlbluse tragen. Ich glaube nicht, dass ich es nach dem rot-weiß-roten Muster ausgesucht habe, denn es hat mir ganz einfach gefallen.

Wir hatten damals kein Radio, nicht einmal elektrisches Licht gab es in unserem Haushalt, einzig Petroleumlampen waren unsere abendliche Lichtquelle. Ich hatte eine Lampe in meinem Zimmer, diese war ein Weihnachtsgeschenk und zwar das einzige. Auch Zeitungen konnten wir uns nicht leisten. Darum wussten wir natürlich nicht, was am 15. Mai stattgefunden hatte.

Am Morgen des 16. Mai quälte ich meine Mutter so lange mit Tränen und Wutanfällen, bis sie mir erlaubte das neue rote Kleid für die Schule anzuziehen. Heute weiß ich nicht mehr, welches Wetter war, aber in der Erinnerung ist es ein schöner Sonnentag gewesen, wie ich alles Schöne mit Sonne verbinde. Am Morgen, nach dem Schulgebet, erzählte uns die Lehrerin, welch denkwürdiges Ereignis am Tag davor stattgefunden hatte, als plötzlich die Stimme des Direktors durch den Lautsprecher klang, dass sich alle Schüler im Schulhof versammeln sollten. Wir gingen in sittsamen Zweierreihen über die Stiege in den Schulhof, als mich meine Deutschlehrerin zurückrief und mir sagte, ich müsse noch einmal das Gedicht von der Theateraufführung aufsagen.

In der Schule gab es zum Schulhof hin einen Balkon, dessen Türen natürlich immer verschlossen waren, den wir Kinder aber oft gerne betreten hätten. Nun, an diesem Tag durfte ich hinaus, ein Schemel war bereit gestellt, damit ich größer wirkte. Und da stand ich nun in meinem wunderschönen rot-weiß-roten Kleide und durfte dieses Gedicht für alle Freunde, Lehrer und für unsere neues Österreich hinausrufen. Ich sah die riesigen, blühenden Kastanienbäume, die Robinien, die bereits dufteten, ich sah die vielen, an die fünfhundert Menschen, die zu mir heraufblickten und war so glücklich, ach, dass ich glaubte, ich müsste zerspringen. Es gibt solche Momente, wo alles passt, die im Gedächtnis haften bleiben und nie vergehen. Es war, als ob die Luft mit diesem Glücksgefühl durchtränkt gewesen wäre, man spürte dieses Besondere.

Mir ist dieser Tag in seiner Gesamtheit in Erinnerung, alles, was ich nach der Schule gemacht habe, wie ich mit meinem Fahrrad einkaufen war, und dass wir Kinder zu Haus Staatsvertrag gespielt haben, dass ich an diesem Tag zur Feier Rindfleisch zu essen bekam, all das weiß ich noch. Und darum spüre ich noch immer, dass etwas ganz Außerordentliches geschehen war, denn es gibt ja ganz wenige Tage im Leben, die einem als Ganzes in Erinnerung bleiben.

Darum glaube ich, dass ich auch schon in meinem sehr jugendlichen Alter begriffen habe, was der 15. Mai 1955 für uns alle bedeutet.

Gundula Hochreiter, Wien XVII

Wladimir

Seine dunklen ausdrucksstarken Augen treffen die meinen. Zu lange und eindringlich, um mich noch abwenden zu können. Ich starre zurück. Was will dieser penetrante Mensch? Da kriecht es mir kalt hoch, trotz der verrauchten Schwüle im Kaffeehaus. Ich erkenne ihn.

Wladimir war ein Freund Hannas, einer meiner Studienkolleginnen, mit der ich mir eine Wohnung teilte. Er ging bis zu seinem Einsatzende im Oktober 1955 bei uns aus und ein. Seit die Alliierten die einzelnen Bereiche Wiens unter sich aufgeteilt hatten, residierten die Sowjets in den westlichen Bezirken, wo auch unsere Zimmer lagen.

Soldatenröcke und kommunistische Arbeiter hatten das Straßenbild ein Jahrzehnt lang mitgeprägt. Die Russen hatten mit ihrem harten, polternd streng klingenden Sprachrhythmus, der oft ungelenken Art und den Arbeiterhänden meist nicht die Nonchalance der lebenslustigen Amerikaner oder Franzosen und Briten, die den Schutt der ersten Nachkriegsjahre mit ihren Kaugummis, lockeren Sprüchen und ihrer flotten Musik nicht mehr so grau erscheinen ließen. So feierten die Klischees Hochkonjunktur, selbst wenn die Besatzerjahre sie oftmals ad absurdum führten.

Wladimir, kaum wesentlich älter als wir, gehörte der Militärpolizei an, die mit den anderen drei Alliierten als »Vier im Jeep« in den Straßen patrouilliert hatte. Selbstbewusst, ernsthaft und überlegen, gab es kaum etwas, das mich nicht beeindruckt hätte. Seine scheinbare Verantwortung und Wichtigkeit, seine stets wechselnden Freundinnen, seine nicht messbare Trinkfestigkeit. Sogar seine Jackenknöpfe glänzten heller und sein Mantel war dicker als die unseren. Ich empfand blanken Neid. Vor allem, wenn ich nach einem Kaffeehaustreffen mit einer losen Studentenclique mein schäbiges Zimmer betrat. Im Cafe zu sitzen, stundenlang vor demselben Glas sauren Weins oder den vom Rauch ungefilterter Zigaretten brennenden Augen mit Freunden oder Wildfremden zu debattieren, war wie Sucht. Wer konnte, traf sich im Kaffeehaus oder beim Stadtheurigen. Die Zurückgekommenen, die Daheimgebliebenen, die Intellektuellen, die Studenten, die Soldaten und Arbeiter jeder Couleur. Die oft soziale und psychische Misere blieb kurzzeitig draußen in den Gassen. Die innere Stadt war bis zum Staatsvertrag unter dem Kommando aller vier Besatzungsmächte gestanden. So war die Aufbruchsstimmung hier schier greifbar, vermischte sich das Sprachgewirr unzähliger Dialekte mit den Rauch- und Kaffeegerüchen. Es war ein Platz der Freiheit.

Hanna nahm Wladimir oft mit ins Café. Später kam er auch mal ohne sie, brachte seinerseits Kollegen mit und die manchmal Wodka aus ihrer Heimat, grausam stark und noch grausamer im Geschmack, den die Russen bestens vertrugen, wir weniger. Wir schütteten ihn in den immer heller werdenden Kaffee, bis der keine Farbe mehr hatte oder der genervte Kellner uns die Tür wies, sodass wir am Donaukai oder unseren Quartieren auslagerten.

Wladimir gab mit seinem ausgezeichneten Deutsch und dem passablen Wienerisch, das er sich durch seine Einsatzjahre hier angeeignet hatte, vergnügliche Anekdoten über die kommunistische Utopie seiner Heimat zum Besten, die voll sozialer und politischer Grimmigkeit waren. Nie wieder erregte uns Gogol oder Platonow mehr als in dieser angeheiterten Wodkabrüderlichkeit.

Hin und wieder machten sich die Soldaten einen Spaß daraus, uns ihre von der Kriegskälte verstümmelten Zehen, Fingerkuppen oder andere spektakuläre Vernarbungen zu präsentieren, dafür boten wir ihnen Rundgänge um das wiedererstellte Burgtheater, die Staatsoper oder, üblicher, in Heurigenbetriebe und Beiseln.

Im Herbst 1955 war die Auflösung der alliierten Dienststellen in Wien vorangeschritten, ein Haus nach dem anderen geräumt und die Sonderzüge für Wladimir und seine Landsmänner standen endgültig bereit. Nicht nur wir empfanden inmitten der tagelangen Feiern über die Freiheit Österreichs Wehmut, auch manch robuster Soldat wischte sich oder seinem Mädchen schnell über die Augen. Ihre Sehnsucht nach der Heimat war ein Stück weit dem Abschied von der neuen Heimat gewichen, die Österreich, bzw. Wien für sie inzwischen geworden war. Nach zehnjährigem Einsatz hatten sich die Männer ein privates, soziales Leben aufgebaut und für viele galt es, sich nun von ihren Freunden zu trennen oder ihre Bräute zum Mitkommen zu bewegen.

In einer der letzten sentimentalen Stunden kramten unsere Freunde Fähnchen und Luftballons mit der Aufschrift »Wir sind frei« hervor. Die hatten sie als Erinnerung an den Staatsvertrag behalten und schwenkten sie, bzw. bliesen sie auf und ließen sie unverknotet durch die Luft zischen, bis sie leer zu Boden segelten.

Was aus spontaner Laune heraus geschah, war gemeinsames Symbol des Aufbruchs – Symbol für Heimat, Zukunft, Neubeginn. Für die Sowjets allerdings mit entgegen gesetzten Zeichen. Oder, wie Wladimir mir anvertraute, Symbol für die Rückkehr in die Vergangenheit, in eine russische Identität mit Bürokratie und Chaos, zwar ohne Stalin, der inzwischen gestorben war, doch »noch bei weitem nicht so frei wie ihr. Wir haben gewonnen, doch ihr seid die wahren Sieger.«

Die Züge waren abgefahren, die Kaffeehäuser neuen Espressos gewichen, später die Espressos wieder Cafés. Wir waren kurzzeitig zu »Halbstarken« mutiert und hatten vom Wirtschaftsaufschwung profitiert. Österreich hatte mit Riesenschritten mehr als aufgeholt, es ging uns besser denn je. Und unsere Kinder und Enkel kennen Kriegsnot nur noch aus den Medienberichten über glücklose Staaten. Österreich ist ein Platz des Wohlstands, des Friedens. Wir sind die Sieger. Wladimir hat Recht behalten.

Ich besuche immer noch regelmäßig unser ehemaliges Cliquencafé, öfters renoviert und längst nicht dasselbe, aber immerhin.

Und da, unvermutet, steht er an der Kuchentheke, groß, breitschultrig, mit dichtem, jetzt schlohweißem Haar, doch noch immer mit diesem typisch souveränen Gleichmut im Blick. Er starrt mich geradewegs an, unverblümt. Mir wird heiß, dann kalt – ist er es, kann er es wirklich sein?

Die robuste grauhaarige Dame neben ihm erfasst seinen Arm, dirigiert ihn auf einen Eckplatz. Die Zeit bleibt für mich stehen, oder läuft fast 50 Jahre zurück, auf ihn zu. Unbeschreiblich ihn nochmals wieder zu sehen.

Seine Begleiterin bietet mir mit einer Geste Platz an, nachdem ich mich vorgestellt habe. Ja! Sie sind Russen, ich wusste es. Doch sie versteht kaum Deutsch, nein, auch der alte Herr beherrschte diese Sprache nie, ausgeschlossen, geschweige denn Wienerisch. Sie muss lächeln ob dieser Frage, er schweigt mit starrem Blick auf mich. Es macht keinen Sinn zu fragen, er sagt nicht mehr viel, deutet sie mir an, Alzheimer oder Altersdemenz oder in der Art.

Meine Enttäuschung steht mir wohl ins Gesicht geschrieben, denn sie wird freundlicher. Mit russisch-deutschem Kauderwelsch, Mimik und Gestik versuchen wir uns zu erklären.

Er wollte nur immerzu nach Wien, schon seit sie denken konnte. Sie, seine Enkelin, hat hier geschäftlich zu tun, so erfüllt sie ihm den Wunsch, eine Art letzter Liebesdienst, auch wenn es eigentlich nichts mehr bringt. Ja, er war Soldat im Krieg, ja, er war irgendwo in Europa stationiert gewesen, ja, er heißt sogar

Wladimir. Aber es gab unendlich viele Wladimirs, die damals jahrelang fort gewesen waren und daheim gefehlt hatten, glaube ich da wirklich ...? Über den Krieg jedenfalls redete er nie mit den Kindern, zu lange vorbei und hat niemanden mehr interessiert in ihrem abgeschiedenen Dorf. Das Jetzt ist wichtig, die Hausreparatur und die Heizung für den Winter, nicht das Gewesene.

Sie hat recht und doch auch nicht.

Seither habe ich Wladimir nicht wieder gesehen, aber es war wichtig, ihn gekannt zu haben. Und es ist wichtig, sich zu erinnern. An ihn, an alles.

Alfred Prager, Obersiebenbrunn

Szenen einer hohen Zeit

Vor wenigen Tagen bin ich ein dreiviertel Jahrhundert alt geworden, fühle mich also abgeklärt genug, um über das Schicksalsjahr 1955 in meinen Erinnerungen zu kramen. Weil weder Alzheimer mich gerufen noch Parkinson mir zugewunken hat, schwadroniere ich flinkfingerig drauf los.

Den abgedroschenen Begriff Schicksalsjahr verwende ich ganz bewusst, nicht etwa weil der 1955 unterzeichnete Staatsvertrag zu meinem unmittelbaren Schicksal wurde, sondern weil meine große Liebe, meine Heli, mir am 20. Februar 1955 vor dem Standesbeamten und vor dem Pfarrer endlich ihr »Ja« bescheiden zugehaucht hatte. Dieses Versprechen bestimmte durch mehr als 40 Jahre mein Schicksal ganz entscheidend. Das »Ja« dieses mündlichen Vertrages gilt für mich, bis auch ich diese Welt verlassen werde.

Ich öffne also das Zeitfenster in diesem Jahr, in dem unser Poldl, wie wir ihn damals etwas despektierlich nannten, unser Außenminister Ing. Leopold Figl, endlich vom Balkon des Belvedere zu Wien den Staatsvertrag herumzeigen und mit seiner berühmten, krächzenden Stimme stolz verkünden konnte: »Österreich ist frei!« Nach den vielen »No« und »Njet« in den vorausgegangenen Verhandlungen mit unseren Befreiern, nach manchem »Cheerio«, »Santé« und vielen

»Nazdorowje« eröffnete sich die große Freiheit für unser Land – besonders verlockend für uns hier im Osten Österreichs – ganz ohne die Towarischtschs der ungeliebten Sowjetbesatzung.

In meiner kleinen Welt ging dieser für Österreich so wichtige Vertrag zunächst völlig unter in den Ereignissen rund um meine Hochzeit. Schon am 20. Februar des selben Jahres, einem nasskalten Spätwintertag, hatten mein Bräutchen und ich die zarten Goldringe mit der Gravur »Helilein« und »Spitz« auf unsere dünnen Finger gesteckt und ich durfte die Braut küssen. Mein Vater traktierte dazu feierlich die Orgel in der Pfarrkirche, wobei er meinem Wunsch entsprechend – nur für wissende Ohren erkennbar – als Hymne an mein Helilein die Titelmelodie des romantischen Filmmärchens »Lily« in das Präludium eingeflochten hatte. Neben dem mündlichen Versprechen hatten wir – und mit uns als zweites Paar in einer feierlichen Doppelhochzeit auch Helenchens Schwester Anni und Bräutigam Gerhard Frohner – mit unseren Trauzeugen die Dokumente auf dem Standesamt und in der Kirche unterzeichnet. Mit diesen Unterschriften war meine persönliche Freiheit endgültig dahin.

Helenchen konnte sich unter ihrem hochgeschlossenen und langärmeligen, weißen Brautkleid durch warme Unterwäsche vor der Kälte der Kirche einigermaßen schützen, ich trug unter dem gestärkten weißen Hemd alle meine gezählten drei Unterleibchen. Trotzdem schepperten unsere dürren Gestalten vor Kälte und Aufregung wie zwei schlaffe Kokssäcke. Den schwarzen Anzug hatte ich von einem Cousin der Braut geborgt, um sofort nach der Zeremonie in meine eigene sogenannte Einserschale, in den Maturaanzug, zu schlüpfen; der sollte mir übrigens noch weitere zehn magere Jahre lang passen, wenn auch allmählich immer angegossener. Mein Täubchen und ich brachten an diesem Tag zusammen genau 110 Kilo auf unsere alte Dezimalwaage, wovon männliche 60 Kilo auf mich entfielen.

Irgendwie muss es für die kleinbäuerliche Schwiegermutter zwischen all ihren Sorgen und Nöten ein Triumph gewesen sein, dass sie schon ein Jahr nach der ältesten auch ihre beiden jüngeren Töchter mit einem Doppelschlag unter die Hauben gebracht hatte – und nicht nur das: Beide Schwiegersöhne hatten den Titel »Ingenieur« in die Ehen eingebracht. Als Bäuerin war sie bestimmt besonders stolz, neben mir, einem simplen Elektrotechniker, nunmehr sogar einen der raren Agraringenieure in der Sippe zu haben, ganz so wie der Außenminister, besagter Poldl, einer war.

Die ungefähr 80 geladenen Gäste stammten vornehmlich aus der weitläufigen Wiener Verwandtschaft der beiden Bräute. Dabei hätte es noch weit ärger ausfallen können, wären die drei Schwestern der Brautmutter nicht ihrerseits mit drei Brüdern verheiratet gewesen – nicht auszudenken, wie viel größer die hungrige Städtergesellschaft andernfalls geraten wäre. Meine Familie war mit meinen Eltern und der einzigen Schwester meines Vaters, der Annitante, dagegen nur sehr bescheiden vertreten.

Weil in diesen Jahren das unbeschwerte Essen noch ein wenig von dem nahrhaften Stellenwert der unmittelbaren Nachkriegszeit hatte, ging es im nahen Gasthaus Zier bei Schnitzel und Schweinsbraten hoch her. Wir Brautleute saßen im Zentrum der langen Tafel und wurden als erste bedient. Ich flüsterte meiner Helene zu, höflicherweise mit dem Löffeln der heißen Leberknödelsuppe erst zu beginnen, bis allen anderen Gästen aufgetragen worden sei. Das konnte bei der riesigen Tafelrunde in unserem einfachen Landgasthaus schon sein Weilchen dauern. Geduld war angesagt. Unmittelbar danach bekamen gegenüber von uns der Pfarrer und seine Köchin, die Leopoldine, vulgo »Pfarrerpoldl«, ihre Teller vorgesetzt. Hei, die beiden fackelten nicht lange und legten ohne Tischgebet sofort los; damit war der Bann gebrochen und es konnte der Leib und Seele erwärmende, heitere Teil beginnen.

Im privaten wie im volkswirtschaftlichen Bereich bildete der Frieden wohl den Acker für die Saat, bestellen mussten wir ihn alle schon selbst mit aufgekrempelten Ärmeln. Die einen kamen dabei ordentlich ins Schwitzen, die anderen wurden Beamte und ganz besondere Schlauköpfe versuchten sich in der Politik.

Als Angestellter verdiente ich damals zwar regelmäßig, dafür aber recht mäßig, obwohl ich schon 1954 zum Leiter einer kleinen Abteilung eines Importeurs und Generalvertreters verschiedener deutscher und amerikanischer Firmen avanciert war. Der Titel ohne Mittel klingt zwar phänomenal, war aber in Wirklichkeit genau so kleinkariert, wie es dem armseligen Österreich damals zustand.

Ein kurzer Blick auf meine Tätigkeit zeigt die bürokratischen Hemmschuhe der Wirtschaft unseres kleinen Landes. Wir wollten als Repräsentanten einer Berliner Firma Autoantennen nach Österreich einführen und versuchten deshalb immer wieder, Importbewilligungen von der Außenhandelsstelle in Wien zu bekommen. »Abgelehnt«, so lautete stereotyp der Beamtenrefrain. Nur in Kleinstmengen konnten wir die begehrte Ware nach Österreich importieren. Ja, so war das bei den alten Rittersleuten hoch droben in ihren Tintenburgen. Es wurde gegängelt und verhindert, geneidet und verboten. Von einem freien Warenverkehr über alle Grenzen Europas wagten wir nicht einmal zu träumen. Mit dem Staatsvertrag hatten sich eben erst die zerstückelnden Zonengrenzen in unserem kleinen Land geöffnet und schon wollten wir die Staatsgrenzen niederreißen?

An einem anderen Beispiel will ich vom Unterschied erzählen zwischen der Tristesse der ehemaligen Russenzone in Wien und Niederösterreich einerseits und andererseits dem goldenen Westen drüber der Enns. Meine große Errungenschaft dieser Tage stellte ein froschgrüner Puchroller dar. Um nicht jahrelang auf dessen Lieferung warten zu müssen, hatte ich statt des Listenpreises von 8.500 Schilling zehn ganze Tausender – das waren immerhin genau zehn meiner bescheidenen Monatsgehälter – hinblättern müssen. Mit diesem Roller machte ich zunächst Wien und das Marchfeld unsicher. Dann ratterte ich los in Richtung Salzkammergut. Wenn ich hier im Osten bei einer der blaufaden Orop Tankstellen meinen Roller auftanken musste, hielt irgend eine mürrische Gestalt den Schlauch in meinen Tankstutzen, trenzte anschließend mein Fahrzeug mit dem öligen Gemisch von oben bis unten an und kassierte daraufhin lustlos mit einem muffigen »Dankschön!«.

Als ich dagegen in Bad Ischl bei einer freundlichgrünen BP Tankstelle vorfuhr, scharwenzelte augenblicklich ein Tankwart dienstbeflissen um mein Fahrzeug herum, fragte auch nach Bedarf an Luft für die Reifen und säuberte zwischendurch die kleine Windschutzscheibe aus Plexiglas oberhalb des Scheinwerfers. Dieser eilfertige Dienst am Kunden bestätigte meine Grundeinstellung zum Verhältnis Ost-West. Wie ich es damals formuliert hatte: »Wir in Ostösterreich haben den Krieg verloren, Westösterreich hat ihn gewonnen.«

Das Glück schlug für Heli und mich schon in der Flitterwoche um; Helenchen erwischte eine seltene Krankheit, Morbus Bang. Diese Rinderseuche kann mitunter auch auf Menschen überspringen. Mittlerweile ist sie durch moderne Hygiene in Österreich ausgemerzt. Bei den Barmherzigen Brüdern musste mein Täubchen mit einem der damals neuartigen Antibiotika in einer langwierigen Behandlung kuriert werden. Mit nunmehr noch magereren 45 Kilo Gewicht kehrte sie in meine Arme zurück.

Wenn heutzutage eine Hochzeitsreise mindestens in die Karibik führt, so waren wir unter den gegebenen Umständen schon heilfroh, Monate später ein verlängertes Wochenende in Puchberg am Schneeberg verbringen zu können. Die eigentliche Turtelreise holten wir erst ein ganzes Jahr später nach; sie sollte uns auf unserem Roller dafür endlos weit hinunter führen nach dem sonnigen Süden: bis nach Kärnten.

Wenn sich der Esel gut fühlt, dann geht er bekanntlich aufs Eis tanzen. Wenn es einem Angestellten gut geht, dann macht er sich selbständig. Hatte ich schon meine persönliche Freiheit in der Ehe verwirkt, so wollte ich ab 1957 zumindest die Freiheit meiner Arbeitslaune genießen. In meinem Heim hatte ich inzwischen das alleinige große Sagen eingebüßt, jetzt wollte ich wenigsten im Beruf ausschließlich nach den Melodien meiner eigenen Pfeife tanzen. Der Unternehmer denkt, doch die Kundschaft lenkt. Noch ahnte ich nicht, dass meine Arbeit in einen wahrhaften Veitstanz ausarten könnte, so in der Art von »Figaro – hier, Figaro – da«. Hatte ich bislang wenige Kollegen neben und nur einen Chef über mir fürchten müssen, so entwickelte sich für mich in den Folgejahren unsere allmählich wachsende Kundenschar zu einer scharfen Meute von peitschenknallenden Dompteuren. Nein, ganz so schlimm war es auch wieder nicht, nicht dass ich die Selbständigkeit vielleicht jemals bereut hätte. Trotzdem brachte ich es am Ende meines Berufslebens nicht übers Herz, diese Art des Überlebenskampfes meinen Kindern zu empfehlen.

In diese Aufbauzeit, in dieses kleine österreichische Wirtschaftswunder, fiel die Modernisierung der Industrie. Nicht alle Menschen kamen damit auf Anhieb zurecht. Mittlerweile hatten Maschinen dem einen oder anderen Arbeiter die gröbste Arbeit abgenommen. Ich erinnere mich an viele tiefgründig sozialphilosophische Gespräche in den Wirtshäusern. Als die Zuckerfabrik im benachbarten Leopoldsdorf eine monströse Krananlage anschaffte, welche das Heer von Hilfsarbeitern auf dem Rübenplatz ersetzen sollte, rief der Ostadal Wenzel, ansonsten ein blitzgescheiter Mann, in einer vom Alkohol beflügelten Brandrede in seinem geschraubten Hochdeutsch aus: »Ich frage Sie, meine Herren, frisst der Bagger den Zucker?« Er wollte damit sagen, dass sich die Arbeitslosen hinkünftig keinen Zucker leisten könnten.

Befangen vom steten Kampf um die Butter und ein wenig Wurst auf unser tägliches Brot hatte der Großteil von uns Österreichern den Staatsvertrag vorerst wie eine Szene aus einer älplerischen Operette äußerst gering geschätzt. Doch schon zwei Jahre später sollte sich unsere Meinung mit einem Schlag ändern. Die Rote Armee demonstrierte mit der blutigen Niederschlagung des Volksaufstandes in Ungarn, wovor uns die Leistung unserer vielfach gelästerten Politiker samt einer Portion Glück bewahrt hatte. Jetzt erst wurde uns allen bewusst, wie angenehm es sich auf der demokratischen Sonnenseite des Eisernen Vorhangs leben ließ.

Bei dieser Gelegenheit zeigte sich das österreichische Volk von seiner guten Seite: Hunderttausende ungarischer

Flüchtlinge waren vorübergehend versorgt worden, viele fanden sogar bei uns eine neue Heimat.

In meinem Eheleben ging es ähnlich turbulent zu wie in der hohen Politik. Das Hinauf und Hinunter spielte sich nach der Geburt unseres ersten Sprösslings, der kleinen Karin im April 1957 auf einer höheren, einer glücklichen Ebene ab. Gestehen muss ich, dass Heli und mich die Natur insgesamt drei Mal überrumpelt hatte: Es folgten in Zweijahresabständen Roman und Doris, lange bevor die Pille und andere Bremsen ihre Mordswirkung taten.

Durch die wiederholten Aussagen meines Vaters war ich eigentlich in die falsche Richtung vorprogrammiert gewesen, seine Worte klangen mir stets in den Ohren: »Die Kinder«, er unterdrückte dabei mühsam das Wort Bankerten, »die sind nur zum Schaden auf der Welt!« Bislang hatte auch ich Kinder nur als quengelnde Quälgeister gesehen und vor allem markerschütternd quäken gehört. Doch unsere eigenen Babys stellten sich als die hübschesten und bravsten Kinderchen heraus, welche Eltern jemals geschenkt worden waren. Dabei lebten wir Habenichtse anfangs noch Substandard, wir schöpften das Wasser beim Brunnen im Hof, erhitzten es in der Küche auf dem Herd und Helenchen badete die Säuglinge in einem kleinen, aufblasbaren Plastikbecken. Als Kühlschrank musste uns zunächst die Kellerstiege genügen.

Erst mit besagtem Wirtschaftswunder zogen Fließwasser, Badezimmer und vollelektrifizierter Standard auch in unserem Haushalt ein. Heutzutage höre ich von allen Seiten unentwegt: Kinder können wir uns nicht leisten, Kinder kosten so viel. Welches Glück meiner Heli und mir doch mit unseren Kindern in die Waagschale der Freuden gelegt worden war und wie wenig mussten wir dagegen in die Schale der Mühen einbringen.

Wir brauchten auch jahrelang kaum in einen Zirkus oder ins Theater zu gehen, wir hatten täglich Premieren – von der Raubtierschau bis zur Rührschnulze, und das alles live im eigenen Heim, erste Reihe fußfrei.

Den unendlich hohen Gewinn durch unseren Nachwuchs erfasse ich erst richtig in den letzten Jahren, nachdem mein Täubchen mir in den Himmel entfleucht ist. Wenn ich mir vorstelle, wie einsam ich heute als alter Knacker ungeliebt durch das Leben stolpern müsste. Nicht auszudenken, dass ich niemanden hätte, den ich unwidersprochen bequatschen darf, niemanden, der sich ehrlich mit mir freut.

Mit diesem, vor einem halben Jahrhundert noch ungeahnten Ausblick schließe ich das Zeitfenster: Die Stürme meiner Herbsttage sollen die Blätter der Erinnerungen nicht heillos durcheinander wirbeln.

Katharina Schellhorn, Erpfendorf

Mutters Reindl und Vaters Arbeitsschuhe

»Österreich ist frei!« – Nein, ich kann mich nicht mehr erinnern an den Tag, an dem Außenminister Leopold Figl den Österreichischen Staatsvertrag unterschrieben hat. War ich doch an diesem Tag, am 15. Mai 1955, genau ein Jahr alt. Erst viele Jahre später ist mir die Bedeutung dieses historischen Tages bewusst geworden. Ich hege eine große Wertschätzung, nicht nur diesem Vertrag, sondern auch all den Menschen gegenüber, die am Wiederaufbau Österreichs mitgewirkt haben.

Und so schweifen meine Gedanken zurück in meine Kindertage und erst heute kann ich die Tüchtigkeit, Sparsamkeit, Aufrichtigkeit, den Zusammenhalt der Menschen, aber auch die wiederkehrende Lebensfreude dieser Jahre verstehen.

Mein Vater und meine Mutter, die heute noch unter uns sein dürfen, sind mir in diesem Zusammenhang Vorbild. Ich kann mich noch gut erinnern, wie hart mein Vater gearbeitet hat und trotzdem so liebevoll mit uns Kindern umgegangen ist. Mein Vater hat Zeit seines Lebens in der Land- und Forstwirtschaft gearbeitet. Früher bei den Bauern, später dann als Forstarbeiter. Damals gab es keine Fünftage-Woche, wenig Urlaub, kargen Lohn.

Als sich meine Eltern entschlossen, ein Haus zu bauen, da hatten sie außer Grund und Boden, den meine Mutter von ihrem Vater geerbt hatte, nur ein paar kümmerliche Ersparnisse. Und trotzdem wussten sie: Wenn wir gut zusammenarbeiten und fleißig sind, können wir es schaffen.

Ich war so fünf oder sechs Jahre alt, als mein Vater begann die Baugrube mit der Hand für den Keller unseres Hauses auszuheben. Ich sehe ihn noch heute vor mir: Die Hemdsärmel hochgekrempelt, werkelte er in der Grube. Kein Windhauch kühlte die stehende Hitze, aber er war unermüdlich: eine Schaufel Sand nach der anderen, stundenlang, tagelang! Er war aber trotzdem gut gelaunt und wie hat er sich gefreut, wenn ich eine Jause oder etwas zum Trinken brachte und ich habe das liebend gerne getan. Ich habe nicht ganz verstanden, dass da ein Haus entsteht, aber ich habe gewusst, es ist gut, was er da macht. Ich habe ihn bewundert, meinen Vater, damals in meiner kindlichen Liebe zu ihm. Und dieses »eine Schaufel nach der anderen« ist für mich zum Symbol geworden, dass Erfolg aus vielen kleinen Mosaiksteinchen besteht. Erst heute weiß ich, dass er, wie viele andere in dieser Zeit, fast Unmögliches geschafft hat. Während der Woche die harte Arbeit im Wald, sonntags am Bau. Damals konnte man sich kaum Handwerker leisten und war auf Nachbarschafts- und Kollegenhilfe angewiesen. Die Helfer am Bau wurden nicht mit Geld bezahlt, nein, man hat diese Leistungen dann jahrelang abgedient. Mein Vater ist, nachdem wir unser Heim bezogen hatten, noch einige Jahre lang fast jedes Wochenende auf andere Baustellen arbeiten gegangen. Und erst viele Jahre später hat er dann freie Wochenenden gehabt.

Den Geruch von Schweiß, von Wald und Holz, den mein Vater abends »mit heim gebracht hat«, mag ich heute noch besonders gerne. Ein Paar seiner abgenutzten Arbeitsschuhe hüte ich wie einen Schatz und sie zählen neben einem Reindl aus Mutters Küche zu meinen liebsten Kindheitserinnerungen.

Über all die Jahre hieß es sparen und sich einschränken. Hier war meine Mutter eine Meisterin darin, jeden Schilling gut zu nützen, sie hat fleißig auf der Baustelle mitgearbeitet und war geschickt in der Handarbeit und Gartenarbeit. Aus der Wolle bereits getragener Pullover und Jacken wurden neue Sachen für meinen Vater und uns Kinder gestrickt. Denke ich an meine Kindheit zurück, dann habe ich oft die strickende und nähende Mutter vor Augen. Noch heute ist Spinnen und Stricken eine Leidenschaft von ihr.

Es war vieles erst im Aufbau damals und ich kann ich mich erinnern, dass unser Schulweg von einem Bach gequert wurde, eine Brücke gab es nicht und so war es dann oft ein Rätselraten, ob wir trockenen Fußes zur Schule kamen. Meine Mutter hat uns oft mit dem Rad bis zum Bach begleitet, um uns, mit Stiefeln ausgerüstet, über den Bach zu bringen und hat dort auch zu Mittag gewartet, um uns und auch die Kinder aus der Nachbarschaft sicher und gesund wieder heimzubringen. Hatte es längere Zeit geregnet, oder im Frühjahr bei der Schneeschmelze, wurde der sonst harmlose und oft über mehrere Wochen ausgetrocknete Bach zu einem reißenden Wildbach, dessen Gefahren wir Kinder unterschätzten. Oft mussten wir einen weiten Umweg nehmen. Heute ist vieles so selbstverständlich geworden. Auch das kleine Eis, das wir Sonntag nach der Kirche bei Fanny, die ein kleines Geschäft besaß und extra für diesen Zweck ihren Laden öffnete, für 50 Groschen kaufen durften, ist mir eine lieb gewordene Erinnerung. Ja und auch das alte Reindl aus Mutters Küche, von dem ich schon erzählt habe, hat heute noch Bedeutung für mich und ich verwende es oft und gerne in meiner Küche. Trotz aller Sparsamkeit hatten wir immer etwas Gutes auf dem Tisch, einfach, aber von unserer Mutter mit Einfallsreichtum geplant und mit Liebe gekocht, so ganz nach dem Motto »Eigener Herd ist Goldes wert. Und ist er auch arm, so hält er doch warm.«

Meine zwei Schwestern und ich hatten aber trotz aller Einfachheit und Bescheidenheit eine schöne Kinderzeit. Und jene Tage, an denen auch einmal etwas unternommen wurde, waren dann umso wertvoller. Erst viele Jahre später habe ich wirklich verstanden, auf wie viel meine Eltern verzichtet haben, um uns trotzdem fast alles Wichtige zu ermöglichen und sogar manch kleinen Wunsch zu erfüllen. Aber gerade dieses Nicht-alles-haben-Können war und ist mir noch heute ein guter Lehrmeister.

Im großen Österreich eine kleine Familie, ein Mann und eine Frau, die ihren Beitrag geleistet und ohne zu jammern hart angepackt haben, um uns Kindern Heimat zu geben.

Zwei Menschen unter vielen, die ebenfalls vorwärts geschaut haben.

Diese Rückschau habe ich meinem Vater und meiner Mutter gewidmet. Ihnen, die in schwierigen Zeiten mit einfachen Mitteln ein Heim für uns geschaffen haben, die das rechte Maß für Weiterkommen aber auch für Bescheidenheit und Zufriedenheit besaßen und es uns vorgelebt haben. Meine Eltern konnten uns finanziell nicht großartig unterstützen, weil es eben immer sparen hieß, aber das war und ist gar nicht von Bedeutung. Und trotzdem: Sie haben mir und meinen Schwestern so viel Wertvolles mitgegeben auf unseren Weg hinaus ins Leben, in die Selbständigkeit. Werte, die mit Geld nicht aufzuwiegen sind. Tüchtig sein und anpacken wollen, Wertschätzung dem Anderen gegenüber; und vor allem unser Vater hat uns eine guttuende Geradlinigkeit gelehrt und dass es recht ist eine Portion gesunden Stolzes zu haben. Ich denke, dies sind Werte, die einen tragen in guten und weniger guten Zeiten und die wir unseren Kindern weitergeben können. Und ich denke auch, dass dies gerade jene Werte waren, die unser Österreich wachsen ließen, eine Familie im Großen, Heimat, Vaterland.

Ich will keinem der Würdenträger Österreichs nur das Geringste wegnehmen, aber die wahren Helden seinerzeit waren großteils eben diese Frauen und Männer, das einfache Volk. Es hat wohl beides gebraucht, Menschen, die den Weg ebneten, und Menschen, die dann diese geschaffenen Voraussetzungen nützten.

Damals hat man das Schlagwort »eine starke Frau« nicht gekannt. Aber waren nicht auch sie Heldinnen, die Frauen in den Kriegsjahren und dann in den Zeiten des Wiederaufbaues unseres zerstörten Vaterlandes? Zuerst das jahrelange Ausharren zwischen Angst und Hoffnung, die Sorge und Pflicht in oft armseligen Verhältnissen die Kinder aufzuziehen, Haus und Hof alleine zu bewirtschaften. Später dann das gemeinsame Weitermachen, oftmals aber auch alleine, wenn Mann oder Söhne nicht mehr heimgekommen sind. Ihnen gebührt unsere Hochachtung und unser aller Dank! Wir Frauen von heute können uns nicht mit ihnen messen, obwohl auch wir heute alle Hände voll zu tun haben, aber eben unter ganz anderen Voraussetzungen unsere Aufgaben erfüllen können.

Vielleicht mag damals einiges in Wirklichkeit etwas anders gewesen sein, aber ich habe es in meinem kindlichen Verständnis so empfunden, wie ich es hier niedergeschrieben habe. Es ist sicherlich kein aufregender Bericht, keine außergewöhnliche Story, aber für mich ist die Tatsache, dass ich es heute gut habe, Anlass genug, zurückzuschauen, dankbar zu sein, meinen Eltern und all den Menschen, die nach dem Staatsvertrag von 1955 Österreich zu dem gemacht haben, was es heute ist. Ein Land im Herzen Europas, offen und frei, modern aber auch traditionsbewusst, aber vor allem Heimat. Ich lebe gerne in unserem schönen Österreich.

Georg Weigl, Salzburg

In einem sicheren Haus

Zu den nachhaltigen Erinnerungen meiner Kinderzeit zählen Radio-Nachrichten während einiger Wochen im Herbst des Jahres 1956. Ich lebte als Achtjähriger bei einer älteren Frau in einem kleinen Dorf in der Nähe des Großglockners im Salzburger Pinzgau. Meine Eltern arbeiteten auswärts, weil es damals im Dorf zu dieser Jahreszeit für sie keine Erwerbsmöglichkeit gab.

Die Thresl, meine lebenskluge, warmherzige Quartier- und Kostgeberin, las in jenen Tagen mit gesteigerter Aufmerksamkeit die Tageszeitung und drehte in ungewohnt kurzen Abständen das Radio auf, um die Nachrichten und – wie ich bald mitbekam – mögliche Sondermeldungen zu hören. Mein ahnungsvolle Neugier bekam schnell Nahrung. »Hoffentlich kommt nicht der Russ'«, sagte sie zu ihrer Tochter, die mit ihrem Mann, meinem Volksschullehrer, im selben Haus wohnte.

Der sogenannte »Ungarn-Aufstand« war ausgebrochen. Aus diesen Berichten und dem Vorstellungsvermögen eines Achtjährigen, angereichert mit Phantasie, einem in diesem Fall besonders weiten Land, wie ich auch heute noch glaube, erstand ein Szenario: Jeder verteidigungswillige Ungar von zehn, nein, natürlich von acht Jahren bis ins Greisenalter nimmt mehr oder weiniger aktiv am Kampf gegen die Unterdrücker aus dem fernen, dunklen Land teil. Alle Gewehre, Panzer und Flugzeuge können ihren unbändigen Selbstbehauptungswillen nicht brechen. Das Bedürfnis der Ungarn, ihr Schicksal selbst zu bestimmen, wird aus einem tief eingegrabenen Rechtsempfinden gespeist. Im Kampf um jedes Haus schlagen sie die Russen zurück.

Ich mochte mir weder tote Ungarn noch tote Russen, ebenso wenig grauenhaft verletzte Soldaten vorstellen. Heute erkläre ich mir dies mit dem starken kindlichen Wunsch, dass das Recht ohne großes Leid die Oberhand behalten möge.

Die damals noch auf eine Tageszeitung und das »Halbwunder« Radio beschränkten Informationen entsprachen diesem Bild zunehmend weniger. Die beunruhigten, orakelhaften Kommentare der Erwachsenen taten ein Übriges, um eine angstvolle Ohnmacht in mir aufsteigen zu lassen.

Nach anfänglichen, von Mut und Begeisterung getragenen Erfolgen der Aufständischen gab es erste Rückschläge und bald auch Verletzte und Tote. Geradezu reportagehaft wurde vom heldenhaften Kampf gegen eine übermächtige Militärmaschinerie berichtet und ein Bild von Freiheitskämpfern vermittelt, die mit einfachen Waffen, manchmal nur mit Steinen, gegen schwere Panzerlinien vorgingen. Nach acht bis zehn Tagen war das Scheitern dieses Befreiungskampfes allerdings schmerzliche Gewissheit. Mag sein, dass unzulängliche Organisation den verhältnismäßig raschen Zusammenbruch herbeiführte. Die Geschichtsschreibung weiß zu berichten, dass dieser Aufstand unter den damaligen weltpolitischen Voraussetzungen keine Chance auf Erfolg hatte.

Ich hörte, dass die an vorderster Front stehenden Studenten und Arbeiter wie versprengte Hasen gejagt wurden. Der Schwerpunkt des Dramas verlagerte sich auf eine heillose Fluchtbewegung, die sich nach Westen wendete und sehr bald die österreichische Grenze erreichte. Die österreichische Bevölkerung spendete großzügig, vor allem Lebensmittel und Kleider, und empfing die Flüchtlinge mit offenen Armen. Ich fühlte mich mit diesen in dem bangen Gefühl verbunden, das vermutlich jeder Mensch in irgendeiner Weise kennt: Draußen stürmt und regnet oder schneit es und man erreicht rennend das Haus mit dem schützenden Dach. Manchmal wird ein solcher Mensch von einem bösen, großen Hund verfolgt und umso größer ist dann die Erleichterung, wenn die rettende Tür hinter dem Atemlosen ins Schloss fällt.

Die Wirklichkeit war, dass die sowjetische Besatzungsmacht von Österreich die Zurückweisung und Auslieferung der Flüchtlinge verlangte. Die Erwachsenen ließen immer öfter Bemerkungen fallen wie: »Wenn es in ihrem Interesse ist, scheren sich die Russen um keine Grenzen«, oder: »Kann sein, dass sie über unser kleines Landl drüberfahren«, und: »Vielleicht sollten wir sie nicht zu viel reizen, die Hilfsbereitschaft kann uns noch teuer zu stehen kommen.« Ungeachtet dessen nahmen die Ahnungsvollen lebhaften und mitfühlenden Anteil am Flüchtlings-Drama und spendeten nach Kräften.

All das erzeugte eine Atmosphäre, die zusammen mit den oft trüben Spätherbst-Tagen des Jahres 1956 ein mir bis dahin unbekanntes Angstgefühl hervorrief. Es gibt ja manches, das den Alltag eines Volksschülers beunruhigen kann. Dieses Geschehen aber, das nicht greifbar, wohl aber in Zeitungsfotos schlaglichtartig sichtbar war und über das Gehörte in eine beschränkte und doch unendlich weite Gedankenwelt eindrang, legte sich wie ein gestaltloses Untier vor die Tür meiner kleinen Welt. Darin war in diesen Tagen vielleicht auch zu wenig Zuflucht. Ich konnte mich räumlich zurückziehen und auch der Thresl meine Besorgnisse anvertrauen, aber ich glaube, dass in bestimmten Situationen die Eltern – einfach durch ihr Dasein – durch nichts zu ersetzen sind. Das hat vermutlich zum einen Teil weniger mit besonderer Hinwendungsfähigkeit, zum anderer anderen aber mit Urangst zu tun.

Obwohl meine geographischen Kenntnisse damals schon so weit reichten, dass ich die Entfernung zur österreichisch-ungarischen Grenze einigermaßen abschätzen konnte, war daraus für mich kein Sicherheitsgefühl zu gewinnen. Die strategisch plausible Tatsache, dass die engen Gebirgstäler am ehesten von einem Aggressor verschont würden, spielte in meinem Bangen keine Rolle.

Die damaligen Ereignisse werden an Gewalt und Bildhaftigkeit von den Tragödien, welche wir, und somit auch die Kinder, heute auf den Bildschirmen erleben, weit übertroffen. Steigerungen dieser Art scheinen mir zwar nicht der alleinige Maßstab für Gefühle des Verloren- oder des Ausgeliefertseins zu sein, aber sie sollten doch in mehrfacher Hinsicht zu denken geben.

Ich habe damals die Geschehnisse, soweit mir das in meinen Lebensumständen möglich war, intensiv verfolgt. Das österreichische Bundesheer hat nach dem Staatsvertrag seinen ersten Ernstfall an der Staatsgrenze mit Augenmaß und Standfestigkeit bestanden. Dasselbe kann man nach allen Informationen auch von den verantwortlichen österreichischen Politikern sagen. Sehr gut erinnere ich mich an die internationale Anerkennung für die so bezeichnete »hochherzige Hilfsbereitschaft« der österreichischen Bevölkerung. Immer wieder hörte ich, auch später, die Aussage, dass uns die Neutralität und die strikte Beschränkung auf humanitäre Hilfe vor Übergriffen und Ärgerem durch die Warschauer Paktstaaten bewahrt hätten. Die Eindrücke des Jahres 1956 blieben in mir eingebrannt und Österreichs Neutralität wird für mich immer mit verantwortungsvoll praktizierter Unabhängigkeit und Selbstbestimmung in Zusammenhang stehen.

Familienbilder anno dazumals.

Waltraud Müller, Wiener Neustadt

Mein erfülltes Leben

Ich habe vernommen, dass ich meine Erinnerungen und Erlebnisse auf Papier bringen darf! Ja, gerne mache ich das, nur habe ich da ein Problem: Ich bin leider schon im Jenseits! Doch meine Enkelin ist so lieb und schreibt für mich!

Gut kann ich mich an das große Fest erinnern, wo Dr. Figl auf dem Balkon des Schlosses Belvedere laut verkündete: »Österreich ist frei!«

Ein Aufatmen für die lieben Leute! Emsig wurde geschuftet und alles gerichtet, nach den Kriegen! Ich habe beide miterlebt! War auch in Russland in der Gefangenschaft. Ausgelaugt und nur noch aus Knochen mit Haut bestehend, durfte ich heimkehren! Meine liebe Frau mit den zwei Kindern erwartete mich. Wir hatten uns eine Zweizimmerwohnung erwirtschaftet, es fehlte an vielem, doch wir gaben den Mut nie auf.

Gleich nach meiner Heimkehr fing ich in meinem alten Beruf, ich war Bäcker, wieder an. An Brot war immer ein Bedarf. Zeitig früh fuhr ich mit dem Rad nach Erlach, wo ich in der dortigen Bäckerei alles per Hand herstellte. Es gefiel mir gut! Meine Familie hatte somit immer was zu essen. Mein Kollege Gustl kam mich später oft in Wiener Neustadt besuchen. Vorerst mit dem Rad, dann mit dem Autobus. Wir spielten Karten, Schnapsen – da hatten wir eine Gaudi! Mama, wie ich zu meiner Frau immer sagte, schüttelte nur ihren Kopf. Doch sie machte uns auch was Gutes zu essen und natürlich war ein Glas Wein oder Schnaps immer dabei! Doch Gustl gibt's schon lange nicht mehr ...

Meine Schwiegertochter vermittelte mir in meinen Pensionsjahren ein Zubrot. Ich fuhr mit dem Rad, für das ich mir einen Motor gekauft hatte, damit ich schneller unterwegs sein konnte, zu Leuten, die Versicherungen abgeschlossen hatten oder abschließen wollten, kassierte ihre Beträge und bekam meistens ein Stamperl, das ich nicht verachtete. Das gefiel mir sehr! Doch in späteren Jahren hörte auch dies auf und mir blieb nur mehr das Spazierengehen. Das Radfahren wurde immer gefährlicher. Unser Auge Gottes – so heißt die Kreuzung heute noch – wurde umgebaut. Früher war es eine ganz normale Kreuzung, später kamen Straßen dazu, eine neue Straße wurde gepflastert – sie führt kerzengerade von der Innenstadt in Richtung Wien. Ampeln verwirrten mich. Der Verkehr wurde immer mehr. Fußgängerzonen entstanden. Natürlich war das sicherer für die Fußgänger, vor allem für die Kinder. Doch dann bauten sie den Hauptplatz um. Er heißt bei uns Grätzel! Das Rathaus steht noch auf seinem Fleck, doch sonst schaut alles anders aus. Nur wenn Markt ist, dann kommt Erinnerung an früher auf. Ei, was war da immer los! Die Bauern priesen ihre Waren an, alles war frisch und gut! Auch mehrere Fleischhauer lagen auf dem Platz. Ein Wirbel, laut und kunterbunt.

Liesbeth, meine Frau, kaufte gerne beim Führlinger, der war unter den Lauben. Dort gab's das »Surbrüsterl«, das wir alle gerne aßen. Sie schleppte samstags den Einkauf nach Hause, ich ging lieber ins Gasthaus! Gemein? Niemand regte sich darüber auf! Haushalt war Frauensache!

Liesbeth war eine angenehme Frau. Nie muckte sie auf. Sie arbeitete auch als Zugehfrau, um mehr Geld für uns zu haben. Falls sie doch ab und zu einen Anfall bekam, so packte ich mich zusammen und verschwand! Zusätzlich hatte sie dann unsere Enkeltochter zu betreuen. Ihre Mutter wurde geschieden, musste daher arbeiten. Gut, wenn man eine Mutter hat, die gerne hilft! Nun, mich kümmerte das nicht besonders!

Zum Frühstück hatte ich gerne ein Kipferl, das meine Frau beim nahen Kaufhaus für mich holte. Dort gab es auch die gute Milch. Vorerst konnte man die Milchkanne mitnehmen, in die die offene Milch gefüllt wurde. Bald wurde diese von Fertigflaschen, dann durch Tetrapack ersetzt. Nun, wenn dicke Haut im Häferlkaffee war, so machte das nichts! Ich bröckelte mir das Kipferl ein und aß alles mit dem Löffel.

Jetzt ist das Kaufhaus vergrößert worden, die Besitzer haben gewechselt. Es nennt sich nun »Bioladen«, was immer das heißen mag! Früher war auch alles Bio – alles frisch, direkt vom Bauern und der Kuh!

Am Sonntag gab's meistens Rindsuppe, die Knochen nagte ich gerne ab. Oder Hühnersuppe, das schmeckte mir auch! Liesbeth kochte gut, die Kinder kamen oft essen, nun, so sparten sie zu Hause und meine Frau hatte zu tun!

Wenn ich jetzt meinen Platz am Friedhof verlasse und mir die Stadt anschaue – das muss ich tun, sonst kenne ich mich später ja nicht mehr aus – wundere ich mich, wie schnell alles wächst. Meine Liesbeth, neben der ich liege, kommt nicht immer mit. Sie interessiert sich mehr für unsere Nachkommen. Wir haben ja schon drei Ururenkerl! Die Kinder unserer Enkelin sahen wir groß werden, deren Kinder, lauter Mädchen, sind sehr lieb – das erzählt sie mir oft. In die ganz Kleine schlüpft Liesbeth oft hinein und fühlt sich wie ein Kind! Das gefällt ihr! Nun, beide sind im April geboren. Ich suche öfter mein altes Stammgasthaus auf – das gibt's noch!

Die Einkaufsgroßmärkte – sensationell! Was es da alles gibt! Diese Technik! So ein Computer – der würde mir auch gefallen! Im Internet surfen – ihr seht, ich bin am Laufenden! Vielleicht würde ich mich liften lassen, damit ich mehr Chancen bei den Damen hätte! Schlank war ich immer, Fett bräuchte mir keines abgesaugt werden! Auch meiner Liesbeth nicht, wir hatten ein arbeitsreiches Leben!

Was mich brennend interessiert: Wie funktioniert das Klonen? Das haben wir beide versäumt – schade! Es wäre lustig, wenn noch so ein Pärchen, wie wir beide waren, auf dieser Welt herumlaufen würde! Jetzt, wo Männer auch im Haushalt helfen müssen, selbst bügeln – na so etwas!

Zu meiner Neunzigjahrfeier waren viele Bekannte und Freunde gekommen.

Endlich nach dem Rummel, als die Geburtstagsgäste das

Haus verlassen hatten, setzte ich mich in den Schaukelstuhl, zog Bilanz und dachte über mein Leben nach.

Ja, sie alle hatten mich noch in mein Heim begleitet, ich lebte im Altenheim, in einem Doppelzimmer! Hermine lebte mit mir zusammen. Ich habe sie beim Einkaufen kennen gelernt. Wir kamen ins Gespräch und trafen uns fortan öfter beim Spaziergang. Auch machten wir schöne Ausflüge miteinander. Wir wollten beide unsere Wohnung kündigen und hatten schon im hiesigen Heim einen Platz bestellt. Da Einzelzimmer viel teurer waren als Doppelzimmer, beschlossen wir, zusammen zu ziehen. Nun, gar so problemlos, wie ich es mir vorgestellt hatte, ist es nicht geworden – doch sie machte viel für mich und bediente mich brav. Es gab auch Streitereien, da sie ein Sturschädel war! Ich vielleicht auch – ein bisschen? Sie war natürlich mit auf dem Fest. Es war schön, alle wieder zu sehen! Franz und Resi kamen sogar von Oberösterreich, brachten Sohn Peppi mit, der seinerseits seine künftige Gemahlin vorstellte.

Meine Familie war vollständig versammelt, bis auf meine Frau Liesbeth, die schon länger von mir gegangen ist. Auch meine zwei Urenkel gratulierten, sie waren sehr brav, soweit ich feststellen konnte. Viele Geschenke und Blumen haben alle gebracht – schön von ihnen, doch ich brauch ja nichts!

Zwei Kriege habe ich miterlebt. Meine Mutter wollte mich nicht, warum, das habe ich nie erfahren. Meine Zieheltern nutzten mich eigentlich nur aus. Vieles ist mir schon entgangen, doch auf den großen, lieben Hund kann ich mich noch gut erinnern. Ich spannte ihn vor einen Leiterwagen, setzte mich hinein und er lief mit mir. Oder wir beide lieferten Holz und Kohlen an die Nachbarn aus.

Mir gefiel es auf dieser Welt, obwohl sie immer lauter und hektischer wurde. Wenn ich denke, was diese Zeit so alles zu Tage brachte! So viele Erfindungen! Angefangen vom Radio, Fernseher, Autos, Flieger, Kühlschrank, Waschmaschine und – und – und ...

Vor fünfzig Jahren – nein, Waschmaschine gab es bei uns nicht! Ein kleiner Kühlschrank, das war schon was! Butter und Wurst hielt viel länger. Davor genügte uns das kleine Kasterl unter dem Fenster mit Frischluft ins Freie. Dort stand immer ein Krug Zitronentee für den Durst, auch der Schmalztopf und was man halt so kühl stellen musste. Badezimmer hatten wir auch keines. In der Küche war hinter einem Vorhang die Waschmuschel, das reichte! Für die Abwasch musste meine Frau das Wasser auf dem Gasofen warm machen und in die Becken gießen. Nach getaner Arbeit leerte sie es in das Klo. War sicher schwer – ich war dafür nicht zuständig!

Ein Schlafzimmer hatten wir für alle. Es genügte uns. Ob meine Frau damit auskam, wir haben nie darüber gesprochen!

(Aufgezeichnet von der Enkelin Waltraud Müller)

Nachsatz:

Anton, so hieß der Jubilar, war es nicht vergönnt, seinen Hunderter zu erleben. Mit knappen achtundneunzig Jahren schlief er im Sterbezimmer des Heimes ein. Es passierte von heute auf morgen!

Ich besuchte ihn noch einen Tag vorher. Man sagte, er höre und sehe nichts mehr, es gehe zu Ende. Ich ließ mich jedoch nicht abbringen, zu ihm zu gehen, um mit ihm zu sprechen. Er lag ganz still in seinem Bett unter dem weißen Laken. Ich erzählte, fragte – doch er rührte sich nicht!

»Opa, wenn du mich hörst, dann drücke meine Hand!« Ich hatte seine Finger umschlossen. Und wirklich, er drückte!

»Versuche mit dem Zeigefinger auf deine Nasenspitze zu gelangen!« Auch das machte er. Dabei hatte er die Augen geschlossen. Wir alberten noch etwas herum, seine Miene verzog sich nicht, das Gesicht war starr! Dann spürte ich, dass er müde wurde, seine Bewegungen einschliefen, er nicht mehr wollte!

Nächsten Tag lag er genauso, wie ich ihn verlassen hatte, im Bett; doch das Laken war über seinen Kopf gezogen!

Bildquellen:

Österreichische Bundeshymne (S. 8): Hubert Krenn VerlagsgesmbH., Wien, Auszug aus »Volkslieder aus Österreich«

Die Vier im Jeep (S. 12): Signatur: CRO 2214W, Österreichische Nationalbibliothek, Bildarchiv

Staatsvertrag, Wiener im Garten des Belvedere (S. 48): Signatur: LE 55 2-1-71, Österreichische Nationalbibliothek, Bildarchiv Austria, Lessing

Unterschriftenseite des Staatsvertrages (S. 48): Signatur: FO 400448/01, Österreichische Nationalbibliothek, Bildarchiv Austria, ORF Archiv

Pferdefuhrwerk im Burgenland (S. 68): Signatur FO 22246, Österreichische Nationalbibliothek, Bildarchiv, ORF Archiv

Orchesterproben unter der Leitung von HDir. Wolfgang Stern [Jg. 1947], (S. 100): Musikhauptschule Ferdinandeum, Graz

Wiener Staatsoper in Festbeleuchtung (S. 140): Signatur: OEGZ/H10268/2, Österreichische Nationalbibliothek, Bildarchiv Austria, IGZ

Salzachbrücke bei Oberndorf 1955 (S. 153): Horst Hieble, Zeitdokumente, Laufen

Burgtheater Eröffnung (S. 172): Signatur: FO 600092/12, Österreichische Nationalbibliothek, Bildarchiv Austria, ORF Archiv

Volksschule Vasoldsberg – Feier im Schulhof 1957 (S. 180): Bildarchiv Gemeindeamt Vasoldsberg

Alle weiteren im Buch veröffentlichten Bilder stammen aus dem Privatbesitz der Teilnehmer des Schreibwettbewerbs sowie Freunden und Bekannten der Herausgeber. Wir bedanken uns recht herzlich für deren kostenlose Reproduktionsgenehmigung.